Five Nights at Freddy's
PAVORES DE FAZBEAR 4

CHEGUE MAIS PERTO

**SCOTT CAWTHON
ANDREA WAGGENER
ELLEY COOPER
KELLY PARRA**

Tradução de Jana Bianchi

Copyright © 2020 by Scott Cawthon. Todos os direitos reservados.
Publicado mediante acordo com Scholastic Inc., 557, Broadway, Nova
York, NY, 10012, EUA.

TÍTULO ORIGINAL
Step Closer

PREPARAÇÃO
Ana Beatriz Omuro

REVISÃO
Theo Araújo

DIAGRAMAÇÃO
Julio Moreira | Equatorium Design

DESIGN DE CAPA
Betsy Peterschmidt

ARTE DE CAPA
LadyFiszi

ADAPTAÇÃO DE CAPA
Lázaro Mendes

VINHETA ESTÁTICA DE TV
© Klikk / Dreamstime

CIP-BRASIL. CATALOGAÇÃO NA PUBLICAÇÃO
SINDICATO NACIONAL DOS EDITORES DE LIVROS, RJ

C444
    Chegue mais perto / Scott Cawthon ... [et al.] ; tradução Jana Bianchi. - 1. ed. - Rio de Janeiro : Intrínseca, 2024.
    224 p. ; 21 cm.   (Five nights at Freddy's : pavores de fazbear ; 4)

    Tradução de: Step closer
    ISBN 978-85-510-1014-3

    1. Contos americanos. I. Cawthon, Scott. II. Bianchi, Jana. III. Série.

24-89101   CDD: 813
                        CDU: 82-34(73)

Gabriela Faray Ferreira Lopes - Bibliotecária - CRB-7/6643

[2024]
Todos os direitos desta edição reservados à
EDITORA INTRÍNSECA LTDA.
Av. das Américas, 500, bloco 12, sala 303
22640-904 – Barra da Tijuca
Rio de Janeiro – RJ
Tel./Fax: (21) 3206-7400
www.intrinseca.com.br

SUMÁRIO

Chegue mais perto • • • • • 7

Dance comigo • • • • • • 83

Voltando para casa • • • 135

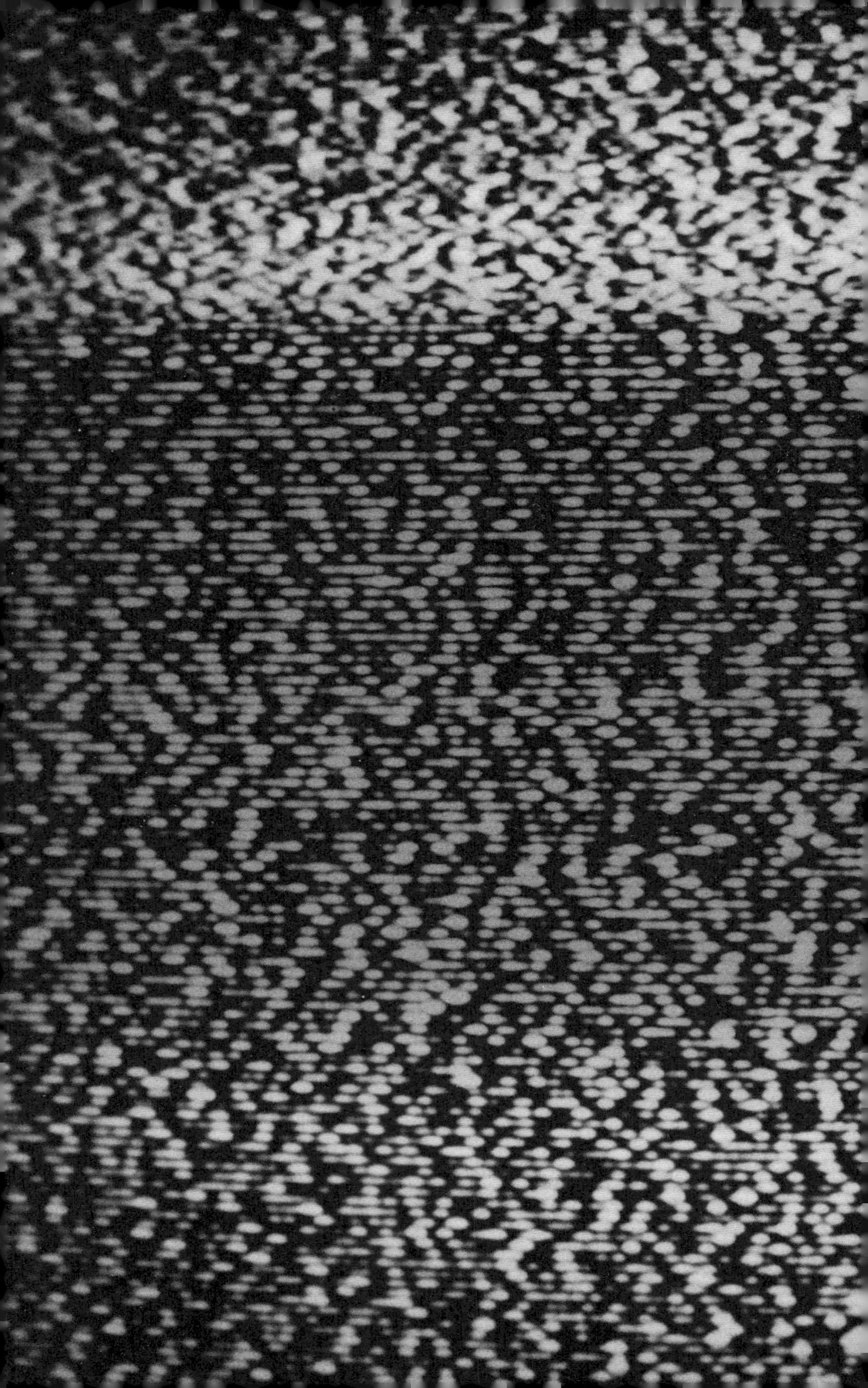

CHEGUE MAIS PERTO

O olho amarelo de Foxy brilhava na escuridão. Ele escancarou o maxilar, exibindo dentes afiados, ergueu o gancho de metal e o brandiu diante do rosto de Pete, zunindo rente a seu nariz. O garoto se jogou para fora da cama, tremendo, mas não conseguiu se levantar. Foxy se virou, assomando-se acima dele. O ruído de engrenagens soou quando o animatrônico ergueu o gancho afiado outra vez.

Você pode ser um pirata, mas vai ter que perder um olho e um braço!

— *Não!* — *exclamou Pete, arquejando.*

Foxy enfiou o gancho no olho do menino, e o som de algo estourando ecoou pelo quarto. Pete berrou, sentindo o sangue jorrar de sua órbita...

A Pizzaria Freddy Fazbear's estava lotada de criancinhas agitadas e seus pais exasperados e idiotas. Música retumbava dos alto-falantes nas paredes, fliperamas apitavam e vibravam. O cheiro de pepperoni queimado pairava no ar, misturado ao aroma de algodão-doce. Pete estava sentado com as costas apoiadas na parede, as pernas cruzadas na altura do tornozelo e o boné virado para trás. Bebia um refri sabor cereja e mascava um chiclete de melancia. O irmãozinho e os amigos se apinhavam ao redor de um fliperama.

Pete não queria estar ali, mas a mãe precisava trabalhar, e era *óbvio* que Chuck tinha marcado de brincar com os amigos depois da escola. Então lá estava Pete, dando uma de babá. Pela centésima vez, perguntou a si mesmo por que essa função *sempre* sobrava para ele. E o irmão catarrento por acaso demonstrava alguma gratidão?

Lógico que não.

Chuck vivia choramingando e pedindo a bombinha de asma. Reclamava que estava com fome o tempo todo. Fazia um milhão de perguntas. Sempre tinha alguma coisa. Desde que o pai dos dois fora embora de casa, Pete ficara preso a Chuck e suas demandas.

As palavras da mãe não saíam da cabeça dele: "Você é o homem da casa agora, Pete. Cuide do seu irmãozinho."

Como podia ser o homem da casa com apenas dezesseis anos? Alguém por acaso perguntara o que ele achava daquelas novas responsabilidades?

Lógico que não.

Pete viu uma criancinha se aproximar de dois funcionários que limpavam as mesas de uma festa de aniversário. O menino puxou a manga do monitor, que olhou para ele e sorriu.

— Posso ajudar?

— Cadê o Pirata Foxy? — perguntou o menino.

— Ah, o Foxy está de férias — explicou o funcionário, sua voz doce como mel. — Ele deve voltar logo.

O menino fez um biquinho, mas assentiu e se afastou.

O outro monitor soltou uma risadinha.

— Mandou bem — falou para o colega.

— É, de férias lá na sala de manutenção. Não sei quando o espetáculo vai voltar.

Pete estava pensando naquilo quando ouviu alguém chamar:

— Pete?

Ele desviou a atenção do papo entre os funcionários e se virou para Maria Rodriguez, que estava parada a seu lado. A garota tinha cabelo escuro na altura do ombro e lábios vermelhos e brilhantes. Seus olhos verdes eram cintilantes, com cílios longos, e algumas sardas pontilhavam seu nariz. Era animadora de torcida no colégio, e Pete a conhecia desde o sexto ano. Por que se sentia tão nervoso perto dela?

— E aí, Maria? — cumprimentou ele.

— Está preso aqui com o Chuckzinho?

Pete deu de ombros.

— Pois é.

— Eu também. É aniversário da minha irmã caçula. — Maria apontou para a mesa diante do palco, onde crianças pequenas de chapeuzinho comiam bolo. — Nem dá para acreditar que a gente já foi como eles.

O garoto abriu um sorriso sarcástico.

— Não sei você, mas eu nunca fui como essa pirralhada.

— Até parece — disse Maria, retribuindo o sorriso. — Mas e aí, como vão as coisas? Não te vejo no treino faz um tempão.

Ele tinha sido suspenso do time de futebol americano por brutalidade excessiva e mau comportamento. Como assim? O esporte era brutal! Desde então, desistira de treinar. A verdade era que, antigamente, Pete nunca desistia, terminava tudo que começava. Porém, depois de ver os pais desistirem um do outro, isso tinha perdido a importância. Além do mais, ele não aguentava o técnico pegando no pé dele — os professores e a mãe já eram suficientes. Encheção de saco tinha limite.

Pete deu de ombros.

— Só cansei, saca?

— Acho que sim. Mas e aí, vai fazer o que com tanto tempo livre?

— Então...

Alguém da festa de aniversário acenou para Maria, e a expressão dela se iluminou.

— Aí, sim! Finalmente, hora de ir embora — comemorou ela. Antes de partir, acrescentou: — Hoje, mais tarde, uma galera vai se encontrar embaixo da Ponte do Farol. Se estiver de bobeira, dá uma passada lá.

Pete sorriu.

— Sério?

Ela assentiu.

—Vai ser irado.

Logo depois, porém, o garoto balançou a cabeça e disse:

— Não vai dar — lamentou ele, balançando a cabeça. — Preciso cuidar do Chuck Cabeção.

— Ah, beleza. Fica para a próxima, então. Te vejo na escola.

Uma irritação tomou conta de Pete enquanto via Maria se afastar. Era tudo culpa de Chuck, aquele pirralho. Tudo girava em torno do irmão mais novo. Não importava o que Pete queria, porque *nada* a respeito dele importava. O pai havia ido embora, e a mãe vivia em seu próprio mundinho. Tinham decidido atribuir a Pete a tarefa de cuidar de Chuck porque não tinham tempo de lidar com o caçula. Mas o filho mais velho não merecia aquelas responsabilidades. Era um adolescente, e adolescentes deviam ser livres, despreocupados. Deviam poder fazer o que quisessem, como sair com outros adolescentes em vez de cuidar do irmão mais novo. Mas os pais dele não estavam nem aí. Afinal de contas, nunca perguntaram se Pete estava de acordo com a separação. Simplesmente se divorciaram e ponto-final. Nada daquilo era justo.

O garoto não sabia o que fazer com tantas emoções dentro do peito. Às vezes, tinha a sensação de que era uma bomba prestes a explodir, como se houvesse uma tensão sob a pele, implorando para se libertar. O futebol americano tinha ajudado por um tempo. Pete era um craque em campo, derrubando oponentes e tirando jogadores do caminho. No fim do treino, sempre se sentia exausto e vazio. Sentir aquele vazio por dentro era melhor. Era bom. Desde que saíra do time, porém, não tinha uma válvula de escape. Odiava aquele sentimento. Às vezes, odiava *tudo*.

Ali na pizzaria, viu o irmão se afastar dos amigos para ir ao banheiro e estreitou os olhos, percebendo a preciosa oportunidade. Largou o copo de refri em uma mesa vazia e se aproximou do caçula, pegando o garoto pelo braço.

— Ai, Pete! — reclamou Chuck, fazendo careta.

— Cala a boca e anda — murmurou ele, soprando uma bola de chiclete até estourar.

— Por quê? Aonde a gente vai?

—Você vai ver.

Olhando de relance por cima do ombro, Pete guiou o irmãozinho até um corredor longo e escuro. O chão era velho e gasto, e havia pôsteres desbotados de animatrônicos nas paredes. O lugar precisava de uma reforma urgente. Pete já andara por ali mais cedo e encontrara a sala de manutenção. Agora que sabia quem estava de férias lá dentro, mal podia esperar para levar Chuck para uma pequena aventura. O irmão morria de medo de certo animatrônico.

Chuck começou a reclamar.

— Aonde a gente vai?

— Que foi, está com medo?

— Não! Só quero ficar com meus amigos!

—Vamos só ver uma coisa rapidinho.

Chuck soluçou e lambeu os lábios secos ao redor do aparelho fixo. Quando estava nervoso, parecia um sapo coaxando.

— Me larga, senão vou contar tudo para a mamãe — ameaçou o menino.

—Você é um dedo-duro mesmo, hein? Agora você vai entrar, querendo ou não.

Pete arrastou o irmão mais novo, que se mostrou surpreendentemente forte, para dentro da sala de manutenção. Iam ver Foxy, o Pirata.

A porta pesada bateu com tudo atrás deles. Os irmãos foram envoltos pela escuridão.

— Pete, eu quero sair!

— *Shhh*. Não quero que escutem você chorando feito um bebezinho. Tem noção de como isso é irritante?

Pete não soltou o braço do irmão. Era hora de ensinar uma lição para Chuck. Era hora de fazer o que *ele* queria… e, naquele momento, queria dar um belo susto no caçula.

Talvez Chuckzinho Cabeção até fizesse xixi na calça.

Pete riu só de imaginar.

Segurando o braço do irmão com uma das mãos, ele pegou o celular no bolso e acendeu a lanterna para conseguir caminhar na escuridão. A sala estava estranhamente silenciosa, como se não tivesse conexão alguma com o bando de gente na outra ponta do corredor. O ar estagnado tinha cheiro de mofo e parecia… sem vida, como se ninguém pisasse ali havia muito tempo, o que era esquisito, já que o restaurante vivia movimentado.

Chuck soluçou.

O pé de Pete esbarrou numa garrafa, fazendo-a rolar pelo chão até bater em algo e se estilhaçar. Os irmãos ficaram paralisados, se perguntando se algum funcionário ouvira, mas não parecia haver ninguém por perto.

Outro soluço.

O garoto mais velho iluminou o chão com a lanterna, revelando um piso de ladrilhos xadrez, além de cadeiras e mesas empoeiradas espalhadas pelo amplo espaço. Espalhados pelas mesas, havia caixas de papelão, chapeuzinhos e pratinhos de festa. Tinha uma aranha preta enorme parada na ponta de uma das caixas.

— Caraca, olha essa desgraçada. Que imensa! — exclamou Pete.

A aranha saltou para longe, fazendo os garotos recuarem com um pulo.

— Eu *odeio* aranhas — choramingou Chuck. — Vamos dar o fora.

— Ainda não. Tem muita coisa para explorar por aqui. Faz de conta que é um daqueles jogos de aventura que você curte. A gente precisa encontrar o tesouro — falou Pete, rindo baixinho.

O que ele queria era aterrorizar ainda mais o irmãozinho.

Ele voltou a apontar a lanterna para o chão. De repente, a luz recaiu sobre o que pareciam velas escuras derretidas e estranhas marcas pretas no piso.

— O que é aquilo? São símbolos? — indagou Chuck.

— Sei lá — retrucou Pete, continuando a iluminar a sala.

Foi quando viu o pequeno palco com a cortina roxa fechada, e um sorriso tomou seus lábios. Pendurada no tecido, uma placa torta dizia: DESATIVADO.

— Arrá! Se tivermos sorte, ainda está funcionando.

Outro soluço de Chuck.

— Pete... A gente não devia estar aqui. Vamos nos meter em confusão. Tipo, confusão *das grandes*. Isso é invasão de propriedade, sabia? É contra a lei.

— *É contra a lei* — imitou Pete, fazendo uma vozinha fina. — Você é certinho demais, sabia? Vai ser o que quando crescer, Chuck? Policial? Vou fazer questão de comprar uma rosquinha para você no caminho de volta para casa.

Pete iluminou a área próxima ao palco, revelando um painel de controle enferrujado sobre uma mesinha lateral. A caixa protetora que o envolvia estava quebrada.

— Isso vai ser demais — disse o garoto, arrastando Chuck até a beira do palco. — Aproveite o espetáculo, irmãozinho.

— Para com isso, Pete!

Mas ele segurou Chuck pela camiseta e pela calça, tomando impulso antes de jogar o irmão em cima do palquinho. O menino caiu no tablado com um gemido, e Pete correu até o painel de controle.

Apertou com tudo o botão de LIGAR. Depois apertou de novo. E de novo. Um zumbido preencheu a sala, seguido por um estalo e um estrépito abafados.

— Ah, qual é! — gritou Pete, vendo que nada acontecia.

Até que, finalmente, a cortina começou a se abrir.

Chuck soluçava sem parar. Num movimento rápido, rolou para o lado.

— Você é um banana, Chuck!

Pete correu até o palco, segurando o irmão pelos tênis.

Com a rapidez que só o pavor absoluto pode proporcionar, Chuck conseguiu se desvencilhar. Ficou de pé, saltou do palco e saiu em disparada.

Pete nunca tinha visto o irmão correr tão rápido. Se Chuck não estivesse fugindo dele, Pete talvez até ficasse impressionado. O garoto fez menção de ir atrás do caçula, mas levou um tranco bem diante do tablado. Sua camiseta tinha ficado presa em algo.

— Droga — murmurou ele.

Puxou a roupa, mas parecia enroscada em algum prego idiota. Uma musiquinha chiclete começou a tocar enquanto as cortinas se abriam. Pete congelou quando viu que um Foxy animatrônico caindo aos pedaços o fulminava com o olhar. Uma íris amarela brilhava sob a sobrancelha vermelha. O outro olho estava coberto por um tapa-olho esfarrapado. A mandíbula cheia de dentes afiados balançou e se abriu, então a grande raposa começou a entoar uma canção entrecortada sobre virar pirata.

No lugar de uma das mãos, a raposa tinha um gancho, e a pelagem do outro braço havia caído a ponto de expor o esqueleto robótico. Engrenagens rangiam de forma estranha, o som ecoando no silêncio do cômodo. O peito do boneco parecia rasgado, exibindo mais do esqueleto metálico. Foxy se movia devagar, de forma meio sinistra. Pete sabia que era um robô, mas o corpo deteriorado parecia meio carcomido por sabia-se lá o quê.

O garoto sentiu um calafrio.

Engoliu o chiclete.

Não conseguia parar de encarar o olho amarelo de Foxy.

Ele não sabia por quê... Era só um robô velho e idiota...

— *Você pode ser um pirata, mas vai ter que perder um olho e um braço!* — cantava a criatura. — *Argh... Vai ter que perder um olho e um braço! Argh... Vai ter que perder um olho e um braço! Argh... Vai ter que perder um olho e um braço! Argh...*

O animatrônico desgastado ficou empacado na mesma parte da música.

— ... *Vai ter que perder um olho e um braço! Argh*...

Pete foi tomado por uma sensação esquisita, como se uma manta pesada, gélida e invisível cobrisse seu corpo e penetrasse a pele até chegar aos ossos.

— ... *Vai ter que perder um olho e um braço! Argh*...

Um silêncio súbito dominou a sala, mas Pete continuou parado no meio da escuridão. Imóvel.

De repente, olhou ao redor, tentando se lembrar como tinha ido parar ali. Estava no escuro. Sozinho. Seu coração acelerou, e ele começou a recuar. Logo viu que a camiseta estava presa num prego e se lembrou de tudo. Esfregou os olhos, se soltou do prego e saiu correndo para ver se encontrava o irmão.

— Que porcaria, Chuck!

Chuck inalou a medicação da bombinha antes de se sentar do outro lado da mesa de jantar. Pete percebia que o irmão ainda estava assustado com a visita a Foxy, o pirata. O caçula olhou para ele e se encolheu um pouco. Pete não sabia por que o irmão estava tão chateado. O pirralhinho nem tinha visto a melhor parte do espetáculo — saíra correndo e ficara junto dos amigos até a hora de ir embora.

— Como foi lá na Freddy Fazbear's, meninos? — perguntou a mãe, servindo carne de porco e purê de batata no prato dos filhos.

— Tranquilo — respondeu Chuck, sem tirar os olhos da comida.

— É, foi de boa — murmurou Pete, engolindo o purê.

— Aconteceu alguma coisa interessante?

— Não, nada — afirmaram os irmãos em uníssono.

Pete olhou para Chuck com uma expressão de alerta. *Melhor não contar...*

A mãe ergueu uma sobrancelha e se sentou.

— Certo. Bom, tenho uma coisa legal para contar para vocês. Achei que a gente devia fazer algo juntos, em família. Alguma coisa boa para o mundo.

Pete se segurou para não soltar as palavras que partiriam o coração da mãe: *Que família?* Seis meses antes, o pai tinha saído de casa, destruindo aquela família. E desde quando ela era o tipo de pessoa que fazia coisas boas para os outros?

— Algo novo, que represente um recomeço para nós três, e para outras pessoas também.

Ela tirou um papel de um envelope e o virou na direção dos filhos.

Pete leu as letras em negrito, incrédulo.

— Doadores de órgãos?

A mãe assentiu, empolgada.

— Sim, vamos ser uma família de doadores. Não é demais?

Chuck e Pete se entreolharam, perplexos.

— Essa é a coisa legal que a senhora tinha para contar? Quer mesmo que a gente doe partes do nosso corpo? — questionou Pete.

Ela dispensou a pergunta com um aceno da mão.

— Só caso alguma coisa aconteça com a gente, bobinho! É lógico que torço para que nada aconteça. Mas, assim, vamos poder ajudar pessoas doentes que precisam de um novo coração ou de um rim. Podemos salvar a vida de alguém. Vamos ser heróis.

— Heróis mortos — corrigiu Chuck.

A mãe riu.

— Ai, Chuckzinho, você me mata de rir!

— É, *Chuckzinho*, você é mesmo um barato — falou Pete, inexpressivo.

O caçula franziu o cenho.

— Ei, mãe, sabe o que o Pete fez lá na pizzaria?

O irmão mais velho estreitou os olhos. Sabia que o pirralho seria incapaz de ficar de bico fechado.

— O quê? — perguntou ela.

— Ele tomou refri *demais* — contou Chuck, sorrindo e deixando o aparelho à mostra.

A mãe suspirou.

— Ah, Pete, que coisa… Já falei que esse monte de refri acaba com os dentes.

Pete encarou a mãe, incrédulo. Qual era o problema dela? No mês anterior, tinha começado a se consultar com uma mulher que se intitulava "coach de estilo de vida". Depois, passara a fazer ioga, cortara o cabelo longo bem curtinho e começara uma estranha dieta à base de sucos detox. Ela também tinha separado um monte de coisas e dado tudo para a caridade. Não bastasse isso… queria doar *órgãos*?

— Aqui, Pete, dá uma olhada no panfleto — falou a mãe. — Você vai gostar, tenho certeza.

O garoto pegou o papel. A lista de órgãos que podiam ser doados era longa: ossos, coração, rins, fígado, pâncreas, pele, intestino, córneas…

Córneas.

Você pode ser um pirata, mas vai ter que perder um olho e um braço!

Argh!

A mente de Pete foi tomada pela imagem de Foxy. Ele imaginou o animatrônico descendo do palco de repente e avançando em sua direção com o imenso gancho afiado, arrastando os pés metálicos no chão.

O purê de batata se revirou em seu estômago, e o garoto se sentiu atordoado. Piscou para espantar a imagem.

— Que ideia besta, mãe.

— Não é nada besta, Pete. E dói muito ouvir você dizer isso.

Pois é, a mãe também começara a verbalizar seus sentimentos. Pete empurrou a cadeira e se levantou. Seu rosto gelou, depois esquentou.

— Não vou doar meus órgãos, mãe.

— *Pete!*

— Não quero falar sobre isso. Estou indo para a cama — anunciou ele, então saiu da sala de jantar com passos firmes.

— O que deu nele? — Ouviu a mãe perguntar.

Chuck apenas suspirou.

— É a puberdade.

—Vai logo, Pete!

Na manhã seguinte, Chuck esmurrava a porta do banheiro. Se Pete demorasse a sair, o caçula perderia o ônibus que o levava até a Escola Fundamental W. H. Jameson. E, se perdesse o ônibus, precisaria percorrer de bicicleta os quase dez quilômetros até o colégio, e a mãe surtaria por ele ter ido sozinho. Ela era paranoica, sempre achava que alguma coisa ruim aconteceria se Pete não estivesse com ele — o que Chuck não entendia, porque já tinha quase doze anos! (Bom, onze e meio.) Vários de seus amigos andavam sozinhos por aí o tempo todo, mas Chuck, não. Pete dizia que era porque a mãe ainda enxergava o caçula como um bebê.

Ele ouviu o irmão gemendo na privada, com ânsias de vômito, e se afastou com uma careta. Pelo jeito, Pete estava passando mal. Os lábios de Chuck se curvaram em um sorrisinho. *É o que ele merece por tentar me assustar ontem.* Mas o pensamento logo desapareceu ao ouvir um novo gemido de Pete. O menino recuou até se apoiar na parede enquanto esperava. Chuck sabia que a partida do pai tinha mexido com todos. Desde então, o irmão mais velho vivia irritado. A mãe procurava coisas novas que a fizessem feliz. Chuck, por sua vez, só tentava se manter ocupado. Passava tempo com os amigos, curtia jogar videogame e tinha um grande interesse por quebra-cabeças.

Sim, a escola era um saco, mas fazia parte da vida. De vez em quando, algum projeto o desafiava de verdade, mas aí ele terminava o que precisava fazer e voltava a ficar entediado até outra coisa capturar sua atenção. O garoto entendia por que Pete o odiava: a mãe o obrigava a cuidar do irmão mais novo o tempo todo. Chuck tentava não ser chato, mas parecia que tudo que saía de sua boca irritava Pete. Talvez as coisas fossem assim mesmo entre irmãos. Chuck não tinha outro irmão para comparar.

Enfim, ouviu a descarga. Um minuto depois, Pete abriu a porta do banheiro. Uma onda de fedor azedo atingiu Chuck com tudo, e ele agitou a mão diante do nariz. Pete não parecia muito bem. Estava com o rosto tão pálido que as sardas se destacavam como pequenos insetos nas bochechas. O cabelo escuro estava todo arrepiado, como se ele tivesse enfiado o dedo na tomada e levado um choque, os olhos marcados por olheiras.

— Caramba, Pete! O que rolou?

— Nada — vociferou ele. — Acho que alguma coisa não me caiu bem. Provavelmente a comida daquela porcaria de Freddy Fazbear's.

Chuck duvidava que fosse isso.

— Quer que eu ligue para a mamãe? — ofereceu o caçula.

Pete o empurrou para o lado.

— Não, não sou um bebezinho chorão igual você, Chuck Cabeção.

O menino ficou tenso. Odiava aquele apelido idiota.

— Então beleza — murmurou ele, batendo e trancando a porta do banheiro depois de entrar.

Pete tomou um energético com dose tripla de cafeína enquanto corria para a aula de biologia, mas ainda se sentia exausto. Tivera uns sonhos bem esquisitos na noite anterior. Não se lembrava de muita coisa, só que havia um monte de sangue por todos os lados, jorrando em cima dele, escorrendo por seu rosto, peito e braços. Quando despertou com um sobressalto, estava todo embolado nas cobertas. Tinha caído no chão ao tentar se desvencilhar para correr até o banheiro antes de botar tudo para fora.

Ele estremeceu só de pensar, mas endireitou as costas e afastou a lembrança desagradável. Devia ter ficado em casa, mas, se ligasse para a mãe no trabalho, ela surtaria e o encheria com um milhão de perguntas. Assim, decidira apenas encarar o dia. Entrou na sala cinco minutos depois do sinal.

— Está atrasado, sr. Dinglewood — cantarolou o sr. Watson com uma voz entediada. — Trouxe um bilhete do seu responsável com a justificativa?

Pete tirou o boné e negou com a cabeça. Escolheu uma cadeira vazia diante de uma bancada no fundo do laboratório, ao lado de um garoto de jaqueta de couro preta e cabelo roxo. Guardou o boné na mochila e a colocou no chão, depois enxugou o suor da testa. Desajeitado, ficou se revirando na cadeira. Por que não conseguia parar quieto?

— Como eu estava dizendo, turma, vamos dissecar um sapo hoje — falou o sr. Watson. — Vocês já fizeram uma prova sobre as regras de segurança para manusear os utensílios e realizar o procedimento. Vão trabalhar com seus parceiros de bancada e preencher o relatório. Espero que todos se comportem com maturidade. Sei que vai ser difícil para alguns, mas quem fizer gracinha vai ser reprovado. E vocês não querem ser reprovados, acreditem. Têm trinta minutos a partir de agora.

Quando os dois garotos se voltaram para o sapo morto disposto na bancada, o cara de jaqueta de couro se inclinou para a frente e perguntou:

— Nossa, cara, que bicho te picou?

Pete balançou a cabeça.

— Nenhum.

O menino de jaqueta de couro disparou um olhar de incredulidade e pegou um pequeno bisturi.

Dez minutos se passaram, e Pete bocejou. Estava com a boca seca, e a mão começava a tremer quando ele tentava realizar cortes precisos.

Seu companheiro de bancada abriu um sorrisinho.

— Ei, olha só isso — falou ele, então cutucou o olho do sapo com o bisturi. Um líquido estranho jorrou. — Da hora, né?

Depois, o garoto fatiou a pata do sapo com a lâmina. Pegou a mãozinha do animal e a usou para acenar para Pete, que balançou a cabeça.

— Preciso de uma pausa — avisou Pete.

— Ah, foi mal. Juro que vou parar de fazer gracinha. — O garoto de jaqueta de couro estendeu a mãozinha do sapo. — Aqui, vamos selar nossa promessa com um aperto de mãos.

Ele caiu na risada quando Pete empurrou a cadeira para trás, indo na direção do bebedouro do laboratório. Tomou uns bons goles de água. Caramba, estava morrendo de sede. E de fome! O estômago decidiu roncar, já que o menino pulara o café da manhã na tentativa de chegar a tempo na escola.

Estava voltando para a bancada quando o sr. Watson o deteve.

— Está tudo bem por aí, sr. Dinglewood? — questionou o professor.

O sr. Watson era mais baixo que ele, com cabelo e bigode brancos. Usava óculos encarrapitados na ponta do nariz vermelho e parecia olhar Pete de cima para baixo, mesmo que isso fosse fisicamente impossível.

— Sim, tudo certo — respondeu Pete.

O sr. Watson franziu a testa.

— Que ótimo. Então volte para sua bancada, por favor. Você é um dos alunos que não pode se dar ao luxo de ser reprovado.

— Já estou indo — murmurou Pete, dando as costas para o professor.

Foi quando as coisas começaram a desandar.

Dando um passo largo, Pete pisou sem querer na alça da própria mochila e escorregou, perdendo o equilíbrio e caindo para trás. Sentiu a ponta do sapato bater de forma brutal no menino de jaqueta de couro. O colega deu um grito, e o sr. Watson exclamou algo em resposta.

Pete aterrissou de costas, perdendo o ar com o impacto. Fechou os olhos. Quando os abriu, viu o bisturi do companheiro de bancada girando no ar. O pequeno instrumento devia ter voado. Incrédulo, Pete viu a lâmina obedecer à força da gravidade e começar a cair na direção de seu rosto, com a ponta afiada mirando justamente seu olho.

Uma descarga de adrenalina se espalhou por seu corpo. Com os reflexos rápidos de anos de futebol americano, Pete deu um tapa no bisturi, que foi lançado para o lado segundos antes de a ponta o cegar, como se estivesse afugentando um inseto mortal. O instrumento bateu na ponta da bancada e depois caiu no chão.

— Eita! — exclamou o garoto de jaqueta de couro.

— Pelo amor de Deus, Peter! Você está bem? — perguntou o sr. Watson, debruçado sobre ele como um pai preocupado. — Não se mexa, vou chamar a enfermeira. Permaneçam sentados, classe! Ninguém se mexe! Procedimento de emergência, por favor! Saiam do caminho!

Os alunos ignoraram o sr. Watson e se apinharam ao redor de Pete. O peito dele subia e descia em respirações ofegantes. O garoto achava que não tinha batido a cabeça, mas estava se sentindo meio tonto e um pouco atordoado… e estava aterrorizado.

Alguém sussurrou:

— Mandou bem, Dinglewood Desastrado.

Outros alunos riram.

— Que fracassado… Agora a gente já sabe por que ele foi expulso do time de futebol.

Pete ergueu o tronco devagar, sentindo o rosto corar. Que droga, ele devia ter ficado em casa.

De alguma forma, conseguiu aguentar o resto das aulas. Tinha sido atendido pela enfermeira, que lhe dera uma bolsa de gelo para colocar na cabeça antes de dispensá-lo. Foi um alívio ouvir o sinal tocar e poder ultrapassar os alunos mais lentos, sair a toda velocidade e descer os degraus da escola. Quando conferiu o celular, viu que tinha recebido uma mensagem da mãe e esfregou o rosto.

O que ela queria agora? Será que não dava para ele passar um dia sem que ela lhe pedisse para fazer alguma coisa? Pete amava a mãe, mas como ela não tinha mais o pai dos garotos para ajudá-la, sempre recorria a ele. Torceu para que a mãe não lhe pedisse para cuidar de Chuck de novo. Decidiu que não aceitaria, diria que estava passando mal. Abriu a mensagem.

Oi, Pete. Depois da escola, pode dar uma passada no açougue e pegar as bistecas que pedi para separarem?

O menino respondeu apenas: **Blz.**

Obrigada!, agradeceu a mãe, mandando também um emoji de coração.

Pete botou um chiclete de melancia na boca e seguiu na direção do açougue, que ficava a alguns quarteirões de distância. Queria tirar logo a carteira de motorista. Seis meses antes, quando os pais ainda não tinham se divorciado, esse era o plano, mas depois todos pareciam ter se esquecido daquilo.

Quando chegou ao Açougue do Barney, encontrou o lugar vazio. Não havia carros estacionados por ali, o que era perfeito:

ele poderia pegar o pedido e ir embora bem rápido. Pete empurrou a porta de vidro e viu que não havia ninguém atrás do balcão. Cartazes grudados na vitrine anunciavam promoções, e um rock antigo vinha dos fundos.

O garoto se aproximou da vitrine cheia de carnes cruas, olhando de um lado para o outro.

— Olá? — chamou ele. —Vim buscar um pedido.

Não havia sineta à vista, então Pete ficou ali um tempinho esperando alguém aparecer. Quando percebeu que isso não aconteceria, perdeu a paciência. Bateu no vidro do expositor algumas vezes.

— Oláááá?

Por fim, decidiu resolver as coisas sozinho e passou para trás do balcão.

— Ei, tem alguém aí ou não?

Do outro lado do expositor, havia uma longa mesa coberta por um líquido vermelho e aguado. O cheiro sobrepujante de carne e sangue fez o estômago dele se revirar de novo. O chiclete pareceu amargar na boca. Ele levou a mão à barriga, como se para amenizar o enjoo. *Não vou vomitar, não vou vomitar*, pensou. Olhou ao redor para se distrair, mas tudo que viu foram fotos de animais abatidos. Quando virou para o outro lado, se deparou com fileiras de facas e cutelos pendurados sobre sua cabeça. Sentiu uma nova onda de tontura. Apoiou as mãos na mesa para se equilibrar, mas sentiu o líquido na ponta dos dedos e começou a suar frio.

Blam.

Um imenso cutelo acertou a madeira, errando por pouco seu pulso. Pete recuou aos tropeços, segurando a mão contra o peito, e sem querer bateu com a mochila na vitrine. Encarou a lâmina fincada na madeira. O cabo vibrava no ar, como se o golpe tivesse sido incrivelmente forte. Ele ergueu o olhar para os instrumentos pendurados.

Um dos ganchos balançava devagar. O cutelo havia caído do gancho. *Caído?* Não parecia possível algo despencar sozinho com tanta força, mas o que mais poderia ter acontecido ali?

— Ei, o que está fazendo aqui atrás do balcão? — Um homem robusto e mais velho com um avental ensanguentado surgiu por uma porta, enxugando as mãos num pano. — Só funcionários podem entrar aqui. Não sabe ler?

Pete apontou para o cutelo fincado na mesa.

— Eu... Eu...

— Ah, não mesmo. Você não pode brincar com as minhas facas. Está tentando criar confusão para o meu lado, garoto? Desse jeito, a vigilância sanitária vai cassar meu alvará.

— Eu... Eu...

— Desembucha. Qual é o problema?

— Eu não encostei em nada. Isso aí só... caiu.

O homem estreitou os olhos.

— Não tem como essas belezinhas caírem dos ganchos, garoto. Se fosse assim, eu teria perdido muito mais dedos além dos que já decepei.

O açougueiro ergueu a mão esquerda para mostrar a falta do mindinho e o dedo anelar sem a falange de cima. A pele que cobria os dois pequenos tocos disformes parecia bem lisa.

O homem riu quando Pete começou a tremer.

— Está com medo? Nunca viu alguém sem dedo antes? Bem, garoto, é só manter suas mãozinhas longe de objetos afiados que *talvez* fique tudo bem.

O homem caiu na gargalhada de novo.

Pete engoliu em seco.

— Só vim... buscar... o pedido... da minha mãe. É a Sra. Dinglewood.

O açougueiro apontou para os fundos do estabelecimento.

— Está lá na câmara fria. É bisteca, né? Já trago.

Pete bateu a porta de casa assim que entrou às pressas. Jogou a mochila no chão e seguiu até a cozinha, onde guardou as bistecas e pegou um refrigerante na geladeira. Depois, sorveu a bebida num gole só. O refri aliviou sua garganta, e a doçura o acalmou um pouco.

Que dia bizarro.

O garoto tirou o boné e esfregou a cabeça. Só precisava comer, descansar e esquecer aquilo tudo. Nada de sonhos doidos, adolescentes estranhos com bisturis e, definitivamente, nada de açougues. Dali em diante, a mãe precisaria ir buscar a carne. Pete ouviu o portãozinho dos fundos ranger e olhou pela janela da cozinha. Chuck entrou empurrando a bicicleta, que apoiou no muro antes de entrar pela porta lateral.

Pete sentiu a irritação borbulhar dentro do peito.

—Você pirou?! — perguntou ele a Chuck. — Se a mamãe descobrir que você foi de bicicleta para a escola...

— *Alguém* monopolizou o banheiro hoje de manhã e acabei perdendo o ônibus.

— E eu não te busquei na saída... Estou ferrado.

— Eu não vou contar para a mamãe.

— Até parece... Você sempre me dedura.

Chuck revirou os olhos e retrucou:

— Não falei nada sobre você ter me forçado a entrar na sala de manutenção, falei?

— Ainda não, mas você quase abriu o bico ontem no jantar. Você se acha muito engraçadinho, não é?

O caçula ergueu as mãos, exasperado.

— Bem, mas não contei! Isso não vale de nada?

— Não dá para confiar em você — declarou Pete, dando de ombros.

— Então vou desembuchar e deixar você se ferrar! Que tal?

— Viu? Você é um dedo-duro!

— Cala a boca, você que é!

— Cala a boca já morreu, quem manda na minha boca sou eu!

— Então vá se ferrar, babacão — murmurou Chuck, cedendo.

O caçula pegou uma fatia de pão do pacote sobre o balcão, a pasta de amendoim na despensa e a geleia na geladeira. Tirou uma faquinha da gaveta e começou a preparar um sanduíche.

Quando viu Pete fitar o lanche, ergueu as sobrancelhas e perguntou:

— Que foi? Quer um?

Pete hesitou.

— Não sei.

— Bem, então você que faça o seu.

O irmão mais velho levou a mão à barriga, pensando se um sanduíche daqueles cairia bem.

— Ainda está passando mal? — indagou Chuck.

Pete deu de ombros.

— Estou tendo um dia meio estranho.

— Por quê, o que rolou?

— Não é da sua conta — disparou Pete.

Ele jamais contaria a alguém sobre o incidente constrangedor na aula de biologia ou sobre o cutelo voador... muito menos para o irmão boboca, que iria correndo contar tudo para a mãe, que surtaria.

— Então tá — retrucou Chuck.

Ele terminou de preparar o sanduíche e o empurrou na direção de Pete. Uma oferta de paz?

O irmão mais velho ergueu as sobrancelhas, surpreso, enquanto Chuck começava a preparar um novo lanche.

— A mamãe preencheu aquela papelada de doador de órgãos, sabia? — falou o caçula, como se estivessem tendo uma conversa casual.

— Como assim? — perguntou Pete, chocado. — Por quê?

Chuck confirmou com a cabeça, exibindo o aparelho num sorriso que parecia quase satisfeito.

— Ela disse que você ia acabar se acostumando com a ideia.

— Mas eu falei que não queria!

— E desde quando ela escuta o que a gente quer? — Chuck mordeu o sanduíche, continuando, de boca cheia: — Mas não tem problema, a gente já vai ter morrido quando pegarem nossos órgãos. Que diferença faz? Por que você está tão encanado com isso?

Pete não sabia nem por onde começar. Tinha passado o dia inteiro tentando salvar partes do próprio corpo, enquanto a mãe queria entregá-las para os outros!

— É... É uma ideia idiota, só isso!

Chuck o encarou, curioso.

— Espera. Você está com medo, não está?

— Não! Cala a boca!

— Eu dei uma pesquisada no assunto. Quer saber como pegam os órgãos das pessoas? É muito da hora! Abrem a gente no meio, fazendo um corte em forma de Y, e aí as entranhas ficam todas expostas. E vão tirando órgão por órgão. — Chuck fez uma careta, revirando os olhos enquanto mostrava a língua. — Os intestinos são superlongos, né, então os caras vão puxando como se fosse um monte de linguiça.

O caçula fez um gesto como se puxasse algo longo para fora do abdômen.

— Eu falei para calar a boca! — gritou Pete, agarrando o sanduíche e correndo para o quarto.

Na manhã seguinte, Pete foi para a escola bebericando seu energético com dose tripla de cafeína. O sol tinha saído, o que tornava a caminhada bem mais agradável. Aquele dia seria melhor do que o anterior. Ele passara a noite tendo sonhos esquisitos, mas por sorte os detalhes se esvaíram pouco depois de acordar. E não havia vomitado, o que era uma vitória.

O garoto mal conversara com a mãe na noite anterior ou de manhã. Por que ela o cadastrara como doador de órgãos sem seu consentimento? Pete nem havia comido as bistecas, porque elas o lembravam de como quase perdera a mão.

Ele parou por um instante quando chegou a um canteiro de obras. Olhou para o outro lado da rua, e o tráfego intenso o convenceu a não atravessar fora da faixa. Em vez disso, decidiu passar por baixo dos andaimes. Pete espiou as tábuas lá em cima, tentando se certificar de que não havia ferramentas que pudessem cair em sua cabeça. Ouvia o som de serras e furadeiras elétricas no canteiro, mas nada em cima do andaime. Concluiu que era seguro e relaxou um pouco.

Só para garantir, avançou com cautela, sempre olhando para cima. Tinha aprendido nos últimos dias que cuidado nunca era demais. Já próximo do fim da sequência de andaimes, suspirou de alívio.

Foi moleza.

Até que ouviu um zumbido esquisito e um estrondo súbito vindo da obra. Os braços de Pete se arrepiaram.

— Mas que… *Cuidado!* — gritou alguém.

De canto de olho, Pete vislumbrou algo se movendo rápido. Virou a cabeça bem a tempo de ver a lâmina de uma serra circular voando em sua direção, parecendo um frisbee descontrolado com dentes afiados.

Ficou boquiaberto. A adrenalina disparou por suas veias. Ele mergulhou para trás no mesmo instante em que a serra circular passou voando por ele. Ergueu a mão num gesto defensivo, pensando que talvez pudesse deter o objeto — depois se deu conta de que aquela seria a pior coisa a fazer e tentou tirar o braço do caminho da lâmina voadora. Achou que tinha se safado, mas sentiu uma pontada aguda de dor quando a serra cortou sua pele logo acima do pulso.

Pete se esborrachou no chão, derramando energético na roupa. Arregalou os olhos e ergueu o braço, chocado ao ver o sangue escorrendo.

— Ai, caramba, menino! Alguém chame uma ambulância! — Um operário correu até ele, segurando o capacete como se não soubesse o que fazer com as mãos. —Vou pegar um pano limpo, não se mexa!

E saiu em disparada enquanto outras pessoas começavam a se aglomerar ao redor de Pete.

Um homem de terno surgiu acima dele. Estava com o celular no ouvido.

—Você está bem, garoto? — perguntou o homem. — Alô? Isso, acabei de presenciar um acidente. Tem um adolescente... Ele está sangrando. O braço. Ah, no canteiro de obras na esquina da rua Willington com a rua Salisbury. Venham logo, por favor... Pode ficar tranquilo, garoto, a ambulância está a caminho. Sim, ele está consciente...

Atordoado, Pete encarou o talho aberto perto da mão. Não era muito fundo.

Mas...

Ele poderia ter morrido.

— Pete! — gritou a mãe ao chegar em casa. — Pete!

—Aqui no quarto! — respondeu o garoto.

Estava deitado na cama, encarando o teto. Depois de ter sido atendido pelos paramédicos no local do acidente, havia ligado para a mãe e voltado a pé para casa. Não quis nem esperar uma carona: sua maior vontade era se afastar daquele lugar o quanto antes.

Estava exaurido. Notara as costas doloridas, então tinha ido até o banheiro e levantado a camiseta diante do espelho. Como se o corte no braço não bastasse, suas costas estavam todas raladas por conta da queda na calçada.

No dia anterior, quase sofrera vários acidentes, mas o do canteiro de obras havia sido mais perigoso. Ele chegara a sangrar.

A mãe entrou no quarto toda esbaforida.

— Ai, caramba! Meu filhinho!

Pete suspirou.

— Estou bem, mãe. Foi um corte pequeno, nem precisou dar ponto. Está tudo bem.

Ela pegou a mão do garoto, analisando o curativo.

— Como isso aconteceu?

A mãe tocou a bochecha do filho, depois passou a mão em sua cabeça e depositou um beijinho em sua testa.

Pete olhou para o machucado e então respondeu com toda a sinceridade:

— Não faço ideia.

A mãe arregalou os olhos.

— Como assim? Você não estava prestando atenção? O operário foi negligente? A gente precisa ligar para um advogado? Talvez seja melhor ir ao hospital…

— Não, mãe, presta atenção! Só relaxa. Meu Deus.

Era bom receber atenção, para variar, mas toda aquela ansiedade era angustiante.

— Não, não vou relaxar! Você podia ter se machucado feio. — A mãe se empertigou e cruzou os braços, determinada. — Já sei, você *não* vai mais a pé para a escola. Pode pegar um ônibus ou uma carona. Talvez eu consiga mudar meu horário de trabalho, assim levo você e seu irmão para a escola. Acho que vai funcionar. — Depois apoiou as mãos no quadril, como se tivesse virado a Mulher-Maravilha e nada pudesse detê-la. — Eu *vou* fazer funcionar.

— Mãe, chega. Foi só... um acidente bizarro.

O que, na verdade, vinha acontecendo com frequência nos últimos tempos.

Alguém bateu na porta da casa, e, pouco depois, entrou sem esperar resposta.

Pete se sentou na cama, sobressaltado.

— Que merda, quem está aí? — questionou o garoto.

— Pete, olha a boca suja! — repreendeu a mãe.

— Olá? Tem alguém em casa? — entoou uma voz familiar.

O garoto lançou um olhar acusatório para a mãe.

— Você chamou meu *pai*?

— Lógico que chamei — respondeu ela. — Aqui, Bill. No quarto do Pete. — Agitada, a mãe começou a recolher roupas sujas espalhadas pelo chão. — Ele precisa ser avisado em caso de emergência. Caramba, filho, que quarto bagunçado.

Como se fosse novidade.

O pai surgiu no batente, vestindo calça cargo, camiseta, um colete cheio de bolsos e chapéu de pesca.

No meio da barba emaranhada, um sorriso forçado retorcia seus lábios.

— Olha meu garoto aí!

— Você estava pescando? — perguntou a mãe, surpresa.

— Não, ainda não. Tirei o resto do dia de folga, vou emendar o fim de semana. Vim aqui para levar meu filhão até o lago comigo. Como vão as coisas, Pete? Deixa eu ver esse braço.

O pai se aproximou da cama, chutando sem querer algumas garrafas de água vazias no caminho. Isso o fez cerrar o maxilar com mais força, mas ele não falou nada sobre a bagunça.

Pete ergueu o braço para que o pai o inspecionasse, sem saber o que pensar sobre aquela visita. Fazia alguns meses que não via o pai, e tinham conversado poucas vezes pelo telefone. De repente, ele estava em casa. Fazia quase seis meses que não botava o pé ali. Costumava ser normal a mãe e o pai estarem juntos, mas naquele momento… Era tudo meio esquisito.

O pai soltou um resmungo de aprovação.

— Não parece tão feio. Você vai estar novinho em folha num piscar de olhos.

— É, vou, sim. Então, pai, acho que não estou muito a fim de ir pescar hoje.

Na verdade, ele *sabia* que não estava a fim. Sentia dor, e só queria ficar deitado e dormir. Pete encarou a mãe com uma expressão de súplica. *Me ajude.*

Ela hesitou, então argumentou:

— O menino está cansado, Bill. Melhor deixar para a próxima. A manhã foi meio maluca.

O pai dispensou a afirmação com um gesto.

— Bobagem, ele está ótimo. Pescar acalma os nervos e relaxa a mente. Venha, se arrume para a gente sair, Pete. Trouxe sanduíches. A gente vai se divertir, você vai ver só.

O sol ardia inclemente, mesmo atrás das nuvens. Pete estava sentado numa cadeira dobrável ao lado do pai, em um velho píer. Havia um isopor cheio de comes e bebes entre eles, e a velha caixa de pesca estava aberta aos pés do homem. O braço de Pete ainda doía, então ele nem tinha se dado ao trabalho de arremessar a linha. Em vez disso, só observava a paisagem. Havia alguns barquinhos no lago, cheios de gente — idosos, na maioria dos casos — pescando. De tempos em tempos, a água tremulava ao sabor da brisa, que trazia o cheiro de peixe podre e algas. Pete não se lembrava de ter visto o pai pescar nada naquele lago. Se perguntava se alguém já pegara algum peixe ali.

Era esquisito estar sozinho com o pai. Devia fazer alguns anos desde que tinham ido ao lago pela última vez. Antes, Chuck os acompanhava, preenchendo o silêncio com várias perguntas. O caçula sempre precisava *saber* das coisas. Por que algo acontecia ou como objetos funcionavam ou onde eram feitos. Pete não sabia se Chuck queria mesmo as respostas ou só a atenção, mas de toda forma já estava acostumado. O irmão gostava de fazer perguntas, enquanto Pete era mais na dele.

— Então, Pete, como vão as coisas? — perguntou o pai.

O garoto ergueu o boné, coçou a cabeça e a cobriu de novo.

— Tudo certo, pai.

— Sua mãe disse que você parou de jogar futebol americano e não está se dando muito bem com seu irmão.

O tom não era de acusação, mas Pete conseguia sentir a reprovação dele, como quando vira a bagunça no quarto. Bill sempre agia como se a culpa de qualquer coisa errada fosse de Pete. Eventos externos — como, digamos, as ações dos pais — não entravam na equação. *Deve ser legal ser adulto e estar certo o tempo todo*, pensou o garoto.

Deu de ombros, mesmo sabendo que o pai não estava olhando em sua direção.

— Cansei do futebol americano. Não é mais para mim.

A brisa soprou, e o anzol de algum pescador passou voando rente ao rosto de Pete. Ele se encolheu e olhou para o sujeito num barco a alguns metros, que arremessara sua linha sem prestar atenção.

— Certo — disse o pai. — A escolha é sua sobre jogar futebol americano ou não. Mas você é o irmão mais velho do Chuck, e quanto a isso não tem o que fazer.

Pete não precisava do lembrete, mas o pai prosseguiu:

— E, como irmão mais velho, você tem responsabilidades. Eu fui o irmão mais velho da sua tia Lucy. Ainda desempenho meu papel quando ela precisa de mim. Agora ela é casada, então não depende mais tanto da minha ajuda…

Bill hesitou, parecendo um pouco desconfortável ao tocar no assunto casamento.

O garoto cerrou os dentes. Infelizmente, não tinha levado chiclete. Sermões eram sempre cansativos e uma perda de tempo, e goma de mascar ao menos teria sido uma distração. Ele encarou um ponto fixo do outro lado do lago, esperando que algo interrompesse aquele momento desconfortável.

— Enfim… Às vezes, pode ser difícil para uma criança ter responsabilidades — falou o pai, pigarreando. — Tem a escola, as notas, as meninas fazendo você se sentir esquisito… — Observou o filho de canto de olho. — Aliás, você tem alguma pergunta sobre garotas?

As bochechas de Pete pareciam queimar de tão quentes, e ele balançou violentamente a cabeça.

— Certo. Bom, se precisar conversar com alguém, pode contar comigo, filho — concluiu o pai, depois se virou para o garoto, como se esperasse que ele dissesse algo profundo.

Pete apenas franziu a testa.

— Ah. Tá.

— Ou, se for mais fácil conversar com um estranho, posso procurar um psicólogo — ofereceu o pai, cofiando a barba.

— O quê? Eu não preciso de psicólogo.

— Bem, é que a coisa do seu pulso...

Os olhos dele recaíram sobre o curativo no braço de Pete.

— Como assim? Foi um acidente.

O olhar do pai ficou mais intenso ao questionar:

— Foi mesmo, Pete?

O garoto recuou de supetão.

—Você acha que eu fiz isso comigo mesmo?

— Já ouvi falar que um divórcio pode afetar famílias de formas diferentes, e...

— *Eu não me machuquei de propósito, pai. Caramba!*

Pete esfregou o rosto, frustrado.

De novo, uma linha de pesca passou zunindo perto de seu rosto, e ele precisou desviar para a esquerda. Aquele senhorzinho precisava prestar atenção ao lançar a linha!

— Não vou te julgar, filho. Só quero que lembre que estou sempre aqui para você e seu irmão.

Pete soltou uma súbita gargalhada rouca.

— Falar é fácil, mas a gente mal se viu desde o divórcio. Você não está presente para mim nem para o Chuck. Você e minha mãe querem que eu assuma a responsabilidade de cuidar dele.

O garoto achou que se sentiria melhor depois de desabafar, mas as coisas só pioraram. Havia um aperto estranho em seu peito, como se alguém estivesse esmagando seu coração.

O pai curvou os ombros.

— Isso não é verdade, Pete. Eu moro do outro lado da cidade, e você sabe que eu trabalho em horários malucos. Estou fazen-

do meu melhor. Você e o Chuck precisam entender isso. Mas...
Vou tentar melhorar. Amo vocês dois.

Sim, Pete ouvia muito aquela afirmação dos pais, mas palavras não bastavam. Ele estava prestes a cair no choro ali mesmo, mas chorar era mais doloroso do que ficar com raiva, então escolheu a segunda opção.

— *Isto* — Pete balançou o braço com o curativo diante do rosto do pai — foi um acidente. Tem testemunhas, sabia? A menos que eu seja capaz de usar a mente para fazer uma serra circular sair voando na minha direção para decepar minha mão! *Até parece!* Não é possível, pai. Quero voltar para casa. Cansei.

— Calma, Pete.

— Me leva para casa, por favor.

O garoto se levantou tão rápido que a cadeira foi empurrada para longe. O vento soprou em sua direção, quase arrancando seu boné, mas ele o agarrou antes que saísse voando. Depois, ouviu um zunido suave e algo espetou sua bochecha, logo abaixo do olho.

Então começou a puxar seu rosto para a frente.

— Ahhhhh!

— Pete! — exclamou o pai.

O garoto soltou sua vara de pesca, levando as mãos à face. Havia um anzol fincado na pele. Estava preso a uma linha de pesca, tentando arrancar a carne. Ele se inclinou para a frente, berrando. Choque e dor corriam por suas veias. O coração batia tão rápido que ele achou que o peito fosse explodir.

A linha estava tão retesada que Pete deu um passo adiante para tentar aliviar a pressão. Tudo o que havia abaixo do píer era água escura, e o menino perdeu o equilíbrio.

Vou cair de cabeça no lago, pensou.

Sentiu o pai o segurando pela cintura para impedir a queda.

— Aguente firme!

Sacando uma faca de caça do bolso, o pai cortou a linha. A pressão se aliviou de imediato.

Pete se encolheu, sentindo muita dor. Sangue pingava na água.

O pai o abraçou e o puxou para longe da beira do píer.

— Está tudo bem agora, amigão. Estou aqui.

— Foi mal! — gritou alguém. — Ele está bem? A porcaria do vento fez minha linha voar na direção de vocês. Que doideira!

— Pete, olhe para mim. Vamos, me deixe ver como está.

O pai inclinou o corpo do garoto para trás. Pete mal conseguia ver o anzol preso no rosto. Seus olhos lacrimejavam, o nariz escorria loucamente e as lágrimas se misturavam ao sangue que escorria por sua bochecha.

— Ah, caramba. — O pai soltou um assovio baixo. — Cortou feio, mas você vai ficar bem. Por sorte, não pegou no olho.

Já estava claro que o dia de Pete não tinha sido muito bom.

Quando voltou para casa com o pai, a mãe correu até o garoto, cujo rosto estava envolto em ataduras.

Chuck arregalou os olhos. Caramba, Pete parecia o monstro de Frankenstein! Mas o caçula teria que guardar aquele apelido para outro dia.

— O que houve?! — berrou a mãe. — Ai, Pete, coitado! Seu rostinho!

— Oi, Chuck, meu garotão! — cumprimentou o pai.

— Oi, pai — falou o caçula, acenando.

Ele se lembrava de quando era pequeno e escalava as pernas do pai até ser pego no colo. Quando será que tinha parado de fazer aquilo?

Bill ergueu as mãos e explicou:

— Sossegue, Audrey. Foi um acidente. Um anzol pegou no rosto dele. O corte não foi profundo, então eu mesmo fiz o curativo.

A mãe arregalou os olhos.

— Outro acidente, no mesmo dia? Como é possível?

O pai esfregou a barba.

— Não faço ideia. Acho que Pete precisa ficar na cama, descansar um pouco. Tenho certeza de que esses acidentes vão parar.

— Sim, ele devia ter ficado descansando — retrucou a mãe. — Foi ideia sua levá-lo até o lago onde ele foi enroscado num anzol feito um peixe. Você não estava cuidando dele?

O pai tirou o chapéu de pesca, revelando a careca.

— Audrey, isso não é justo. Ele estava *do meu lado*. Estava ventando. A porcaria de um...

Pete se jogou no sofá. Atordoado, ficou vendo o pai e a mãe trocarem farpas, falando sobre ele. Chuck não estava acostumado a ver o irmão com uma aparência tão... vulnerável. Pete era maior que ele, tinha boca suja e vivia o importunando. Mas, sentado no sofá, parecia pequeno e quase frágil.

Chuck se sentou ao lado do irmão, fitando seu rosto.

— Você parece... — *o monstro do Frankenstein* — ...mal, Pete. Está doendo?

— O que você acha? — murmurou o irmão.

O caçula assentiu, como se entendesse.

— Foi um dia péssimo, né? Mas e aí... O que acha que está rolando? Passou debaixo de uma escada? Quebrou um espelho? Deu de cara com um gato preto?

Pete franziu a testa.

— Como assim? — perguntou ele.

— O que você fez para entrar nessa maré de azar?

O garoto só balançou a cabeça.

— Não é azar, não estou atraindo acidentes nem nada do tipo — insistiu ele. — Não sei o que é.

Chuck lambeu os lábios ressecados e se aproximou.

— Mas é esquisito, não é? Primeiro você passou mal, e a mamãe me contou do acidente doido no canteiro de obras. Agora, esse lance da pescaria.

Chuck pensara bastante sobre as coisas estranhas que andavam acontecendo na vida do irmão. Parecia um quebra-cabeça dos bons.

— Tudo começou depois que você tentou me assustar lá na Freddy Fazbear's — observou o caçula.

Pete tentou revirar os olhos, mas fez uma careta de dor quando a pele do rosto se repuxou.

— Qual é, está tentando dizer que isso tudo é carma? Que idiotice. Nada a ver. Não acredito nessas coisas.

Chuck deu de ombros.

— Mas não tem como negar que é esquisito.

Depois de um momento de silêncio, Pete revelou baixinho:

— Não foi só isso.

Chuck ergueu as sobrancelhas, intrigado.

— Como assim?

— Não posso explicar agora. Conto depois — disse Pete, balançando a cabeça e apontando para os pais, como se não quisesse que eles escutassem.

Chuck foi para o quarto, se acomodou diante da televisão e começou a jogar videogame. Não achava que Pete lhe contaria mais nada. No entanto, algumas horas depois, o irmão mais velho entrou no quarto e se sentou na cama. Estava com o rosto inchado abaixo dos olhos, que pareciam injetados de sangue.

O caçula logo pausou o jogo e olhou para ele, cheio de expectativa.

— Ontem, na escola, eu escorreguei no laboratório de biologia — contou Pete. — Chutei um garoto sem querer, e o bisturi dele saiu voando. Me estatelei no chão e a lâmina começou a vir na direção do meu olho.

O queixo de Chuck caiu.

— Mentira!

— Consegui bater no bisturi e jogar para longe antes de ele me acertar.

— Pensou rápido — comentou o caçula, impressionado.

Pete pareceu satisfeito por um instante.

— Sim, tem gente que tem as manhas...

— E aí?

O irmão mais velho deu de ombros.

— Fui buscar as bistecas no açougue para a mamãe. Não tinha ninguém atrás do balcão, então entrei na área de funcionários para procurar alguém. Do nada, um cutelo caiu do gancho e acertou a mesa bem do lado da minha mão.

— Caraca! Foi por pouco!

— Sim, por muito pouco. Olha, se eu acreditasse em superstições, diria que tem algo rolando. Mas não boto fé em...

— Maldições?

Pete franziu a testa.

— Não viaja, Chuck.

O caçula suspirou. Por que o irmão precisava ser tão cabeça-dura?

— O que mais explicaria isso tudo? Foram quatro acidentes. Tem que ser *alguma coisa*. Qual é, Pete!

— Não sei o que é, mas para mim já deu. — O garoto pigarreou, depois estendeu a mão na direção de Chuck. — Só para garantir, caso tenha sido por causa... Você sabe, por eu ter levado você para ver o Foxy...

O caçula arregalou os olhos. Pete ergueu as sobrancelhas e perguntou:

— E aí? Aceita meu aperto de mão?

Pior que é capaz de ter sido por causa disso mesmo, pensou Chuck. Meio hesitante, apertou a mão do irmão.

Pete até pediu desculpas.

— Foi mal por ter tentado assustar você. Foi idiotice. Que tal a gente dar uma trégua?

— Beleza, uma trégua — concordou Chuck, sorrindo. — Valeu, Pete.

O garoto se levantou, quase se desequilibrando.

—Vou voltar para a cama. Até mais tarde.

— Até — murmurou Chuck, vendo o irmão sair do quarto.

Depois começou a pensar, vasculhando a mesa em busca de um caderno. O irmão descartara todas as ideias de Chuck, mas devia haver uma explicação por trás de tudo aquilo.

• • •

— O que você está jogando? — perguntou Pete, parado à porta do quarto de Chuck.

Ele havia passado a maior parte do sábado na cama, e agora sentia necessidade de se levantar e andar um pouco pela casa. Ficar deitado fazia com que sua mente repassasse sem parar as memórias dos acidentes, o que não era nada legal.

— É um joguinho indie de aventura. Quer dar uma olhada?

Pete deu de ombros e se sentou no chão de pernas cruzadas, ao lado do irmão. O quarto de Chuck era muito diferente do dele. Para começar, o caçula usava o cesto de roupa suja, em vez de deixar tudo espalhado pelo chão. Arrumava a cama. Não largava papéis aleatórios na mesa. Tinha uma prateleira com livros sobre alienígenas e teorias da conspiração. Havia prendido alguns pôsteres na parede, todos bem alinhados.

Chuck começou a explicar o jogo:

— Então, eu sou um mago e preciso procurar todos os ingredientes secretos para preparar uma poção e deter o feiticeiro do mal. Ele enfeitiçou meu vilarejo, e agora preciso quebrar a maldição com a poção e libertar meu povo antes que seja tarde demais.

— E se você não conseguir?

— As pessoas vão estar perdidas para sempre. Vão continuar sob o controle do mago do mal, e isso só vai acontecer por cima do meu cadáver.

Pete abriu um sorriso sarcástico.

— Você adora ser o herói, né?

— É o único jeito de vencer. Quer jogar comigo?

— Pode ser.

Os olhos de Chuck se iluminaram quando o irmão pegou o outro controle.

—Você pode ser meu aprendiz — sugeriu o caçula.

— Por que preciso ser o aprendiz? Por que não posso ser o mago e você joga como meu aprendiz?

Chuck balançou a cabeça.

—Você ainda tem muita coisa para aprender.

Pete se virou quando notou a mãe apoiada no batente da porta, sorrindo.

— Oi, mãe — cumprimentou ele.

— Precisam de alguma coisa? — perguntou ela. — Que tal uma pipoquinha?

— É uma boa. Valeu.

— E um suco de caixinha para mim — pediu Chuck.

Pete jogou por algumas horas e depois voltou para a cama. Precisava admitir que era legal passar um tempo com o irmão. Depois que apertaram as mãos e decretaram a trégua, era quase como se as coisas tivessem voltado a ser como quando eram pequenos. Naquela época, não tinham que se preocupar com nada. Antes dos ressentimentos, dos xingamentos, do divórcio. Não dava para negar que ele sentia saudades daquilo.

E, antes que Pete se desse conta, a noite de domingo chegou, e ele precisava arrumar as coisas para voltar à escola no dia seguinte. Para seu alívio, o inchaço no rosto tinha sumido. Ele também tirou as ataduras do braço, expondo uma casquinha recém-formada acima do pulso. Isso o fez pensar na acusação do pai de ter se machucado de propósito. Claro que pensava em sumir de vez em quando, mas não daquela maneira.

Pete tinha passado a maior parte do dia assistindo à televisão. Não ousara sair de casa, com medo de sofrer outro acidente. Não que a mãe fosse deixar — ela tinha ficado o fim de semana todo de olho nele, sempre à disposição. Talvez Pete pegasse mais leve quando ela voltasse a lhe pedir para fazer um monte de coisas.

Se todos aqueles acidentes tivessem sido algum tipo de carma bizarro, tudo se resolveria, já que havia se desculpado com Chuck, certo? Estaria livre do que quer que fosse. Mas o garoto ainda tinha uma sensação persistente de embrulho no estômago. Tinha a impressão de que as coisas ainda não haviam chegado ao fim.

Que talvez nunca fossem chegar.

Alguém bateu à porta.

— Pode entrar — disse Pete.

Chuck enfiou a cabeça pela fresta. Normalmente, Pete gritaria para o irmão dar o fora de seu quarto, mas, depois da trégua, provocar o caçula não parecia mais tão divertido. Não que ele fosse admitir isso em voz alta.

— Tudo bem? — cumprimentou Pete.

O menino entrou no quarto com um caderno na mão e fechou a porta. Tirou a bombinha do bolso da bermuda, inalou e depois a guardou de novo.

— Como você está? — perguntou Chuck.

— Bem, acho.

— Pronto para voltar para a escola amanhã?

— Sim.

Chuck abriu um sorriso, expondo o aparelho, e passou a mão no cabelo.

— Só para confirmar.

— Que caderno é esse? — perguntou Pete.

— Então, depois que você me contou sobre os acidentes, passei o fim de semana fazendo uma coisa.

Chuck se aproximou do irmão, abriu o caderno e mostrou um esquema desenhado à mão.

Havia cinco retângulos dispostos num círculo, conectados por setas. No de cima, estava escrito PIRATA FOXY. Nos outros, LABORATÓRIO DE BIOLOGIA, AÇOUGUE, CANTEIRO DE OBRAS e LAGO. A última seta apontava de novo para PIRATA FOXY.

— O que isso quer dizer? — indagou Pete.

— Acho que o ponto de origem, o lugar onde tudo começou, é a sala de manutenção da Freddy Fazbear's.

— Sim, a gente já falou sobre isso.

— Desde então, cada acidente levou ao próximo. Para acabar com isso, você precisa reverter o que quer que tenha feito.

— Mas eu já fiz isso. Pedi desculpas pela porcaria da pegadinha, não pedi? As coisas devem voltar ao normal agora. Você me perdoa, não perdoa?

— Sim, nós somos irmãos. Claro que perdoo você — disse Chuck. — Mas em todos os jogos que conheço, a gente precisa encarar o chefão. O vilão. Tipo no jogo de ontem à noite. O mago precisa lutar contra o feiticeiro do mal para salvar o vilarejo usando a poção.

Pete soltou uma risada forçada, mas seu estômago se embrulhou de medo.

—Vilão? Quem? Foxy, o animatrônico?

— Talvez… O que aconteceu depois que eu saí correndo naquele dia?

Pete voltou a olhar para a televisão, onde passava um filme de ação.

— Nada, o Foxy cantou uma música e eu fui embora. Nada de mais.

Você pode ser um pirata, mas vai ter que perder um olho e um braço! Argh...

O coração de Pete acelerou quando ele prestou atenção naquelas palavras.

— Mas como era a música, Pete? — questionou Chuck, apreensivo.

O irmão mais velho balançou a cabeça.

— Era uma canção idiota sobre ser um pirata.

— Qual era a letra *exata*?

— E isso importa?

— Para mim, sim. Por favor, Pete. É sério.

— *Tá bom.* A música dizia que, para ser um pirata, é preciso perder um olho e um braço. Viu? Idiota!

Chuck lambeu os lábios ressecados. Depois, pegou um lápis na mesa atulhada de Pete e começou a escrever.

— O que você está fazendo?

— Espera um minuto.

Depois de um tempinho, ele botou o caderno nas mãos do irmão. Tinha acrescentado algumas anotações.

PIRATA FOXY: Música de pirata. Perder olho. Perder braço.

LABORATÓRIO DE BIOLOGIA: Quase perdeu um olho.

AÇOUGUE: Quase perdeu um braço.

CANTEIRO DE OBRAS: Quase perdeu um braço.

LAGO: Quase perdeu um olho.

Pete balançou a cabeça, em negação.

— Não — murmurou ele, começando a tremer. —Você está enganado.

— Não dá para ignorar os fatos, Pete. É o Foxy. Ele quer que você vire um pirata, e os acidentes estão ficando cada vez mais perigosos.

— Não! — berrou o garoto. — O Foxy é só um robô! Feito de metal e engrenagens. — Pete rasgou a página do caderno em pedacinhos. — Isso é tudo invenção do seu cérebro corroído de gamer. É tudo fantasia! Não é real!

— Para, Pete!

— Cale a boca! Dê o fora daqui!

Ele empurrou o irmão e jogou o caderno nele.

Chuck recuou aos tropeços, chocado, o rosto ficando muito vermelho.

— Estou tentando ajudar!

Pete apontou para Chuck e gritou:

— Não! Está tentando me assustar para revidar todas as vezes que eu te atazanei! Você sempre quer sair por cima, não é? Bom, isso não é um jogo!

— Eu sei. Não estou tentando ganhar competição nenhuma. Só quero entender o que está acontecendo!

A mãe apareceu na porta.

— Que gritaria é essa, meninos? O que houve?

— Fala para o Chuck Cabeção sair do meu quarto!

— Não me chama assim, Cara de Frankenstein!

Pete semicerrou os olhos.

— Ah, você estava só esperando para mandar essa, né? Você me paga! A trégua está oficialmente cancelada!

— Não estou nem aí! Pode pegar sua trégua idiota e enfiar no... no nariz!

— Meninos, se acalmem! — berrou a mãe.

— Eu mandei *você sair daqui!*

— Pronto! — exclamou Chuck, pegando o caderno e dando no pé.

Pete deu as costas para a mãe. Depois de um instante, ela soltou um suspiro exagerado e fechou a porta.

Ele estava tão irritado que começou a chorar.

Pete se revirava na cama, completamente desperto. O pijama parecia quente demais, e as cobertas, muito pesadas. O quarto estava escuro, exceto pelo luar que entrava pela janela. Enquanto encarava a cortina, ele teve a impressão de ver um vulto passar por trás do tecido.

O garoto se levantou e foi até a janela, abrindo a cortina. O quintal estava vazio. Havia um carro estacionado junto ao meio-fio. Algumas árvores enfileiradas ao longo da rua. Nada fora do normal. Ele moveu os ombros para aliviar a tensão e voltou para a cama. Socou o travesseiro algumas vezes para ficar macio, depois encarou o teto. Continuou encarando.

Era inútil, não conseguiria dormir.

Depois de um instante, se pegou encarando a janela outra vez.

Não se levante. Não vá olhar.

Mas não conseguiu evitar. Havia algo errado. Ele estava sozinho no quarto, mas tinha a impressão de que alguém o observava. O que era ridículo. Com um suspiro, o garoto saiu da cama e foi até a janela, abrindo a cortina outra vez. Quando estava prestes a se afastar, vislumbrou um movimento entre as árvores. Será que havia alguém ali?

O coração de Pete acelerou.

O garoto esfregou os olhos, piscou e tentou avistar mais movimentos... mas não encontrou nada. Era só sua mente lhe pregando peças. Caramba, estava ficando paranoico! Pete respirou fundo. Devia ser só o vento balançando os galhos das árvores. Ele esfregou o rosto e voltou a se deitar. O vento uivava, e aquilo o acalmou.

Até o portão do quintal ranger.

Só devia ter aberto com o vento... certo? Para ter certeza, Pete aguçou a audição. Ouviu uma coruja piar. Uma porta ranger. Um segundo depois, se sobressaltou, com o coração retumbando. Aquele estalo tinha sido dentro de casa? Pé ante pé, o garoto foi até a porta do quarto e a abriu devagar. Analisou o corredor vazio. Não havia ninguém ali.

Estava começando a surtar. A mãe e Chuck dormiam. Não havia mais ninguém em casa. *Só vá dormir!*, disse a si mesmo. Foi até a cama a passos largos, se jogou no colchão e fechou os olhos com força.

Teve a impressão de ouvir um passo.

Durma logo.

O assoalho rangeu próximo à porta do quarto, e ele sentiu um calafrio.

Não tem mais ninguém aqui.

Disse a si mesmo que era só sua imaginação, mas o ar pareceu mudar. Seus braços se arrepiaram. Era impossível negar que algo o deixava inquieto.

Pete abriu os olhos... e viu Foxy logo acima dele.

O horror o deixou sem ar. Ele não conseguia se mover. Não conseguia falar.

O olho amarelo de Foxy brilhava na escuridão. Ele escancarou o maxilar, exibindo dentes afiados, ergueu o gancho de metal e o brandiu diante do rosto de Pete, zunindo rente a seu nariz. O garoto se jogou para fora da cama, tremendo, mas não conseguiu se levantar. Foxy se virou, assomando-se acima dele. O ruído de engrenagens soou quando o animatrônico ergueu o gancho afiado outra vez.

Você pode ser um pirata, mas vai ter que perder um olho e um braço!

— Não — disse Pete, arquejando.

Foxy enfiou o gancho no olho do menino, e o som de algo estourando ecoou pelo quarto. Pete berrou, sentindo o sangue jorrar de sua órbita. Com o pé robótico, Foxy pisou no braço direito do garoto, esmagando músculos e ossos. Pete começou a se contorcer de dor. Tentou empurrar Foxy para longe, mas o animatrônico era pesado demais. Forte demais.

O coração do garoto esmurrava o peito. Lágrimas e sangue escorriam por seu rosto.

Foxy atacou de novo. O gancho rasgou a mão de Pete, estilhaçando ossos e destroçando carne até arrancá-la por completo. O animatrônico ergueu o gancho e ficou olhando a mão de Pete pendurada na ponta, esguichando sangue.

O garoto berrou outra vez.

Pete acordou gritando no travesseiro. Parecia difícil respirar, e ele se ergueu de supetão, arfando. Suor fizera sua camiseta grudar na pele. A luz do sol entrava pela janela. Ele estava em casa. Em seu quarto. Sozinho. Abriu as mãos, esticando os dedos, e viu que estavam inteiros. Tateou o rosto, os olhos. Pete estava vivo e conseguia enxergar. Todas as partes de seu corpo pareciam intactas.

O garoto respirou fundo, aliviado.

Tinha sido um pesadelo, só isso.

Mas precisava parecer tão real?

Pete engoliu em seco, sentindo o estômago se revirar e o corpo tremer.

Sentiu que já tivera um sonho parecido antes. Daquela vez, porém, ainda se lembrava de todos os detalhes ao acordar.

Com o capuz na cabeça, Pete entrou no Colégio de North Hillside na manhã de segunda-feira. Ficou boquiaberto quando viu a enorme faixa pendurada no corredor: ENCONTRE SEU TESOURO EM ALTO-MAR — FESTIVAL DE VOLTA ÀS AULAS HOJE NO HORÁRIO DE ALMOÇO. Havia um pirata desenhado sob a frase, com um balão que dizia "Argh!", agitando um gancho no lugar da mão. Pete quase deu meia-volta e retornou para casa, mas sabia o quanto a mãe estava nervosa ao deixá-lo na escola.

"Vai ficar tudo bem, Pete", dissera ela, como se estivesse tentando convencer a si mesma.

"Sim, mãe, vai ficar tudo bem", concordara o garoto. "Mãe?"

"Diga, filhote."

"Você é uma boa mãe."

Ela abrira um sorriso.

"Obrigada, filho. Fico muito feliz de ouvir isso."

A verdade é que Pete torcia para que tudo ficasse bem. Ele se deu conta de que só queria que as coisas voltassem ao normal

— com aulas chatas e provas desnecessárias, e até mesmo horas cuidando do irmão mais novo. Estava pronto para que toda a estranheza acabasse, e enfim compreendia que tinha uma vida boa, apesar de os pais não estarem mais juntos. Eles amavam Pete e Chuck, mesmo cheios de preocupações e compromissos. A casa deles era confortável. Ele tinha alguns amigos. Não era um adolescente que aproveitava cada segundo do ensino médio, mas passaria por aquela fase como todo mundo. Pete avançou pelo corredor, olhando para os cartazes nas paredes. Havia navios, papagaios, crânios sobre ossos cruzados e cabeças de pirata para onde quer que olhasse. A comissão do grêmio estudantil sempre se empolgava com a comemoração de volta às aulas.

Pete percebia as pessoas encarando seu rosto machucado, mas tentou não se deixar abalar ao ver como sussurravam e apontavam. Foi até seu armário, colocou a senha e abriu a porta, tomando cuidado para não acertar um adolescente vestido de pirata, com direito a tapa-olho. Tirou da mochila o dever de casa atrasado e depois pegou no armário o livro de biologia para a primeira aula.

— Nossa, mano, o que aconteceu com a sua cara? — perguntou Duncan Thompson.

Era o vizinho de armário de Pete, um garoto baixo e robusto de cabeça raspada. Os dois costumavam jogar futebol americano juntos. Ele tinha pintado crânios e ossos cruzados nas duas bochechas.

Pete deu de ombros enquanto fechava o armário.

— Um acidente de pesca. Nada de mais.

— Caramba, mas como isso aconteceu? Se cortou com uma faca?

Pete não queria entrar em detalhes.

— Tipo isso.

— A cicatriz até que faz você parecer durão. Como se ninguém devesse se meter contigo, sacou?

— Legal — falou Pete, abrindo um sorriso.

—Vou sentir sua falta no jogo de futebol americano esta semana. Você meteria medo em campo com essa cicatriz nova na cara.

— Ah, valeu — agradeceu o garoto.

Duncan sorriu e ergueu o punho para se cumprimentarem com um soquinho.

Quando se afastou do armário, Pete se sentia um pouco melhor. Manteve o queixo erguido enquanto o encaravam, ignorando as decorações e fantasias de pirata idiotas. Sim, ele estava com uma aparência de "não se meta comigo", e gostava disso.

A manhã foi tranquila. Pete não ousou se levantar durante a aula, e fez questão de manter distância de objetos afiados. Quando o sinal do almoço tocou, estava se sentindo surpreendentemente bem, como se o período de acidentes bizarros realmente tivesse chegado ao fim. Só precisava fazer as pazes com o irmão mais novo...

A pior parte é que *já tinha* feito as pazes com Chuck, mas depois havia estragado tudo ao gritar com o caçula e expulsá-lo do seu quarto. Pete não queria acreditar na teoria do irmão de que aquele não era o fim. De que ele precisava encarar o Foxy.

O garoto estremeceu. Pediria desculpas e restauraria a trégua. O irmão entenderia, Pete tinha quase certeza disso. Chuck parecia perdoar fácil. O garoto mais velho estava pronto para um recomeço, como a mãe dizia às vezes. Ele nunca entendera o que aquilo significava, até aquele momento.

O sol havia aparecido quando ele saiu do prédio da escola para o pátio, onde acontecia o festival. Havia barraquinhas de comida e de brincadeiras espalhadas por todos os lados. Alunos perambulavam por ali, comendo algodão-doce e outras gostosuras. Havia um daqueles dispositivos que derrubavam a pessoa na água quando alguém acertava o alvo com uma bolinha. O vice-diretor, sr. Sanchez, estava sentado na plataforma. Num dos cantos, acontecia uma competição de comer tortas, ao lado de uma mesa de queda de braço, uma corrida com arminhas de água e muito mais. Um DJ tocava música e distribuía camisetas. Pete baixou o capuz e deu uma volta no pátio, procurando algo gostoso para comer. Logo deu de cara com Maria.

Ela estava trabalhando numa das barraquinhas.

— Ah, oi, Pete! — cumprimentou a garota, usando um lenço vermelho na cabeça e grandes brincos de argola. — Eita, o que aconteceu com você? — perguntou, apontando para a própria bochecha.

— Fala, Maria — cumprimentou ele, e então deu de ombros. — Foi um acidente idiota de pesca.

— Ai, que droga. Você anda meio sumido.

Pete ergueu as sobrancelhas. Ela tinha notado?

— É, rolaram umas coisas. Mas está tudo certo.

Ela assentiu e perguntou:

— E aí, quer ganhar uma prenda? Só precisa enfiar a mão nesta caixa e ver o que consegue pegar.

Maria apontou para uma mesa grande com um buraco no centro.

Pete colocou as mãos nos bolsos da calça jeans.

— Não, valeu. Estou de boa.

— Ah, vai... É divertido — insistiu ela, sorrindo. — Não quer uma prenda?

Pete sentiu o estômago se revirar quando estendeu a mão direita, fechando o punho. *Todas as doideiras acabaram*, garantiu a si mesmo. Estava seguro.

— Tá, pode ser — concordou ele.

Hesitante, enfiou a mão no buraco. Alguns segundos depois, sentiu algo se fechando ao redor do seu braço.

— Eita, o que é isso? — questionou Pete.

Maria soltou uma risadinha.

— E aí, o que você ganhou? — indagou ela.

O garoto tentou tirar a mão da caixa, mas estava presa. Puxou o braço cada vez mais, no entanto, o aperto só se intensificava. Pete ficou desesperado. Suor escorria por sua testa. Ele plantou os pés no chão e puxou com tanta força que começou a erguer a mesa.

— Para, Pete! A mesa vai quebrar! — exclamou Maria.

— Minha mão está presa!

— Eu sei, Pete. Fica calmo. — Maria começou a bater no tampo da mesa com o nó dos dedos. — Beleza, pode parar! Ei, eu falei para parar!

De repente, Pete conseguiu tirar a mão do buraco. Viu que ela estava envolta em algo que parecia uma armadilha de dedo chinesa, só que grande o bastante para cobrir a mão inteira. Ficou encarando o brinquedo, incrédulo. O mecanismo apertava quanto mais se puxava.

Maria parecia culpada.

— Foi mal, Pete, é só uma peça que estamos pregando nos alunos. Um pouquinho de diversão na semana de volta às aulas, sabe? Todo mundo achou engraçado, menos você.

— Eu não sou todo mundo — disparou Pete.

De repente, a cabeça de um menino apareceu no buraco na mesa. Ele tinha cabelo arrepiado e um piercing no nariz.

— Relaxa, cara. É só uma brincadeirinha, pô.

Pete nem sabia o que dizer, de tão surtado que estava.

— N-não foi legal! — gaguejou ele, tentando arrancar o brinquedo da mão. Entretanto, a armadilha só ficava cada vez mais apertada, bloqueando sua circulação. Ele engoliu em seco. A sensação era de que havia faquinhas minúsculas espetando sua pele. — Tirem isso de mim!

— Espera, vou ajudar. Eu sei como soltar — disse Maria. Ela saiu de trás da barraca e correu até Pete, empurrando a armadilha na direção da mão do garoto para que o aperto cedesse.

— Sinto muito por ter chateado você.

— Tanto faz! Só tira logo essa coisa — implorou o garoto, descontrolado.

— Estou tentando. Caramba, parece preso de verdade, não sei por quê. Espera aí.

Maria deu a volta na barraquinha para pegar algo.

O brinquedo não estava apenas preso: continuava apertando cada vez mais. A mão de Pete começou a pulsar de dor. *De novo não*, pensou.

— Ei! — reclamou o garoto dentro da caixa. — Não corta, senão vai estragar a brincadeira.

— Vou precisar cortar, não está soltando de jeito nenhum — rebateu Maria, se aproximando com a tesoura.

Ela cortou a armadilha até enfim libertar a mão de Pete. Quando se livrou do brinquedo, a pele de Pete estava roxa e dormente. Ele abriu e fechou os dedos, tentando retomar a circulação.

Maria arregalou os olhos e exclamou:

— Ai, meu Deus, Pete! Sinto muito! Não acredito que isso aconteceu. Foi um acid...

— Nem termine essa palavra — interrompeu ele. — Você não devia ter feito isso. Não devia ter tentado me pregar uma peça. Achei que a gente se dava bem.

— Mas a gente se dá... — Quando as bochechas da garota começaram a corar e ela baixou a cabeça, Pete sentiu um nó na garganta. — Eu já falei que sinto muito, Pete.

— Escuta, está tudo bem. Não foi nada. Mas eu preciso ir.

Antes que Maria pudesse responder, o garoto partiu, tentando acalmar os nervos enquanto esfregava a mão. Que pegadinha idiota. Quem achou que aquilo seria engraçado? Era mais um acidente bizarro. Ele engoliu em seco e sentiu um aperto na garganta. Aquilo tinha sido a gota d'água. No próximo acidente, Pete surtaria.

Um bando de alunos o cercou de repente, como um rebanho, arrastando-o para dentro de um labirinto de espelhos.

— Ei, cuidado aí! — gritou ele.

Tentou escapar, mas havia muita gente rindo e gritando. Então se espremeu rente à parede, esperando a turba passar.

— Caramba, tem tipo uns vinte de nós nos espelhos! — gritou um dos alunos, antes de o bando desaparecer.

Pete tentou voltar para a entrada, mas estava perdido dentro da porcaria do labirinto de espelhos. Caminhou na direção oposta para ver se encontrava a saída. Em vez disso, chegou a um beco sem saída. Um pirata surgiu no espelho, com o chapéu meio tombado escondendo o rosto e um gancho letal preso ao braço. Quando enfim ergueu o chapéu, o garoto viu que o pirata tinha cara de raposa. Ele se encolheu. Olhou para trás, achando que a raposa pirata estaria às suas costas, mas só viu outro espelho.

Seu coração acelerou e sua mente ficou em branco, exceto por um pensamento: *Preciso sair daqui*. Pete seguiu por corredores estreitos, avançando na direção do que imaginava ser a saída. Imagens da raposa pirata e do próprio Pete se refletiam em cada espelho. Quando ele corria, a criatura também corria. Suor escorria por seu rosto. Ele sabia que não podia deixar a raposa pirata alcançá-lo.

Estava ofegante quando enfim viu a luz no fim de um pequeno corredor espelhado. Porém, antes que pudesse sair do labirinto, a criatura surgiu na frente dele, erguendo o gancho.

Por instinto, Pete deu um soco bem na cara da raposa pirata.

A criatura cambaleou, levando a mão ao rosto enquanto o garoto dava no pé.

Ele estava ofegante quando voltou ao festival: trêmulo e cambaleando, como se tivesse acabado de sair de um carrossel. Alunos riam e o encaravam enquanto perguntas se reviravam em sua mente. *Para onde vou? O que faço?* O garoto deu um passo para trás e trombou com alguém. Quando se virou, viu um palhaço com chapéu de pirata. O palhaço acenou, mas Pete o empurrou e correu na direção de uma tenda, abrindo desesperadamente as cortinas pesadas. Precisava ir embora do festival, mas estava tão atordoado que não sabia para qual lado seguir.

Quando deu por si, estava no meio de uma barraquinha de tiro ao alvo, com vários balões presos à parede.

Um dardo voou em sua direção, pegando de raspão na bochecha. Ele desviou o projétil seguinte com um tapa.

— Ei, tem um menino lá dentro! — gritou alguém.

Pete chegou para a frente, pedindo que parassem de atirar, mas foi tarde demais. O último dardo alcançou seu destino: a pele logo abaixo do globo ocular do garoto.

Ele grunhiu de dor.

Outros adolescentes gritaram.

Pete ergueu a mão e arrancou o dardo devagar. Um fio de sangue escorria por seu rosto. Ele jogou o dardo no chão e correu para o outro lado da barraquinha, em pânico. Acabou entrando em outra tenda. Havia pássaros exóticos em gaiolas, piando e cantando.

Um papagaio berrou:

— Perder um olho! Perder um braço!

O garoto se deteve. Ele se virou na direção do pássaro, tremendo da cabeça aos pés.

— O que você disse?

— Crááá! Crááá!

O papagaio era verde-brilhante com o bico preto, e agitou suas asas.

— Crááá!

Pete agarrou a gaiola e a chacoalhou, fazendo penas voarem para todos os lados. Os pássaros na barraca se agitaram.

— O que você falou, passarinho idiota? É você, Foxy?

Não fazia o menor sentido Foxy estar dentro daquele papagaio, mas Pete não ligava. Por acaso alguma parte daquela história fazia sentido? O que quer que estivesse acontecendo com ele *continuava* acontecendo, e Pete já estava farto.

— Você não vai vencer! Está me ouvindo? Você. Não. Vai. Vencer.

— Ei, garoto, calma lá! — interveio alguém, agarrando Pete pelo ombro. — Qual é o seu problema?

Pete se desvencilhou do sujeito. Era um professor, sr. Berk ou algo assim.

— Nenhum — retrucou o garoto, limpando o suor da testa e o sangue da bochecha. — Não é nada.

Nada, exceto a série de acidentes bizarros que envolviam perder um olho e um braço. Exceto a raposa robótica que queria que ele virasse um pirata... ou morresse. Chuck devia ter razão. Pete precisava voltar para a pizzaria e enfrentar Foxy para acabar com aquilo de uma vez por todas.

— Você não parece muito bem. Está com o olho sangrando — disse o sr. Berk, estendendo a mão para ele. — Vamos dar um pulo na enfermaria.

Pete se afastou.

— Não! Eu estou bem!

— Certo, fique calmo. Me diga o que aconteceu com a sua bochecha?

— Aconteceu muita coisa comigo. — Pete balançou a cabeça. — Muita coisa.

Por onde começar a explicar?

— Só quero ajudar — falou o sr. Berk. — Como você se chama?

— Não, o senhor não pode me ajudar. Ninguém pode me ajudar. Ele está atrás de mim e não vai parar. Acredito nisso

agora, mas achei que podia resolver tudo pedindo desculpas.
— Pete soltou uma risada amarga. — Engraçado, né? Como
se um pedido de desculpas pudesse consertar tudo. Mas eu
precisava tentar.

— Quem está atrás de você, garoto? Qual é o nome dessa
pessoa? A gente pode falar com o diretor. Resolver tudo. Você
só precisa se acalmar e respirar fundo.

— O senhor não entende! Não tem como resolver isso na
base da conversa! Ele é um robô!

O sr. Berk arregalou os olhos.

— Um robô? Como assim? Vamos nos sentar um pouquinho.
Fale comigo. Às vezes, a situação parece pior do que realmente
é. Mas, ao enxergar por outra perspectiva, a gente percebe que
não é assim tão ruim. Acredite em mim, garoto. Acontece o
tempo todo.

— Não, a coisa está feia. *Feia de verdade*. Mas já sei o que
preciso fazer. Logo isso tudo vai acabar. Só preciso voltar aonde
tudo isso começou. Preciso enfrentar o vilão.

Antes que o professor pudesse detê-lo, Pete saiu correndo.

Ele avançou pelo corredor da escola, encharcado de suor. Um
inspetor gritou para que ele parasse, mas Pete o ignorou. *Preciso
sair daqui. Preciso botar um ponto-final nisso tudo.* Quando empurrou as portas, olhando por cima do ombro, viu que o inspetor se
comunicava pelo rádio. Pete pisou em falso e caiu, tropeçando
nos degraus da entrada. Ralou os joelhos e a palma das mãos. O
corpo todo estava dolorido, mas o garoto se forçou a ficar de pé
e continuar correndo.

Enquanto disparava pelo gramado na frente da escola, pegou o celular no bolso e discou o número de Chuck. A ligação caiu direto na caixa postal, porque o irmão ainda estava na aula.

— Chuck! — exclamou Pete ao telefone, sem fôlego. — Você estava certo! Era o Foxy o tempo todo. Preciso ir até a pizzaria e encarar o desgraçado. Ainda tem coisas esquisitas acontecendo, mas não vou deixar o Foxy vencer! Nem pensar! Sinto muito por não ter acreditado em você, irmãozinho! Me encontre lá quando puder! A gente vai resolver isso juntos!

Em pânico, Pete correu pela calçada e começou a atravessar a rua. Vislumbrou algo vindo rápido em sua direção e se virou... Foi quando uma caminhonete o atingiu com força. Seu corpo foi arremessado para longe, os braços e pernas se agitando no ar. O momento pareceu se estender por uma eternidade. Então ele caiu, o corpo batendo com violência no chão duro. Pete ouviu um estalo, algo se rompendo. Rolou sem parar pelo asfalto, sentindo o atrito na sua pele, deixando um rastro de sangue para trás. Tudo doía. O mundo ficou escuro.

— *Chuck! Você estava certo! Era o Foxy o tempo todo. Preciso ir até a pizzaria e encarar o desgraçado. Ainda tem coisas esquisitas acontecendo, mas não vou deixar o Foxy vencer! Nem pensar! Sinto muito por não ter acreditado em você, irmãozinho! Me encontre lá quando puder! A gente vai resolver isso juntos!*

Chuck desligou o telefone e olhou por cima do ombro. Ágil, pulou a cerca da escola e saiu correndo.

Precisava chegar à Pizzaria Freddy Fazbear's. Tinha que ajudar Pete!

Impulsionando a corrida com os braços, avançou bem rápido até a escola desaparecer no horizonte. Quando teve certeza de que ninguém o veria, pegou a bombinha, inalou duas vezes e diminuiu o ritmo para uma caminhada até recuperar o fôlego. Ainda tinha alguns quilômetros pela frente. Seria bom se estivesse de bicicleta, mas não estava, e não deixaria Pete na mão. Não permitiria que ele encarasse Foxy sozinho.

Acelerou de novo, mas não aguentou muito tempo. Não era lá um grande atleta. Chuck até conseguia correr, mas apenas por curtas distâncias. Sempre era um dos piores quando cronometravam o tempo das corridas na aula de educação física. Ele olhou ao redor e ficou tenso quando viu uma viatura. *Ai, não!* Entrou meio escondido numa loja de rosquinhas e esperou os policiais passarem. Não estava acostumado a quebrar regras e matar aula. Aquela era a primeira vez que fazia algo assim. O que aconteceria se a mãe descobrisse? Será que o colocaria de castigo? Pete provavelmente riria do irmão se o visse tão assustado. Mas Pete poderia rir o quanto quisesse depois que tudo aquilo estivesse resolvido.

Chuck chegou sem fôlego à Pizzaria Freddy Fazbear's, com a camiseta grudada às costas por causa do suor. Abriu as portas e ficou aliviado ao sentir o ar-condicionado refrescando seu rosto. Criancinhas corriam de um lado para o outro enquanto ele avançava rumo à sala de manutenção. Um funcionário estava parado na entrada do corredor. *Putz.* Chuck se deteve, inquieto, esperando o cara sair dali. Fingiu que estava jogando num fliperama até o homem enfim se afastar.

Devagarzinho, Chuck se aproximou do corredor, entrou pé ante pé e disparou até chegar na sala de manutenção. Ele abriu a porta, revelando uma escuridão total. O menino engoliu em seco ao entrar ali, ouvindo a porta bater. Tomado pelo medo, tirou o celular do bolso e ligou a lanterna.

Soltou um soluço bem alto.

Levou as mãos à boca para conter os barulhos idiotas. Apontou a lanterna para a esquerda e depois para a direita. Não havia fantasmas nem robôs. Pegou a bombinha do bolso e inalou rápido várias vezes, seguindo em frente. Viu as mesmas coisas da primeira visita: mesas empoeiradas com caixas velhas de decorações de festa e cadeiras quebradas. Por alguma razão, aquilo parecia ter acontecido semanas antes.

— Pete? — sussurrou ele, soluçando. —Você está aqui?

Ninguém respondeu. Chuck cogitou a possibilidade de o irmão estar tentando pregar outra peça nele, mas logo descartou a ideia. Pete parecia realmente perturbado na mensagem de voz. Havia se machucado, e acreditava na teoria de Chuck de que tudo começara com o Foxy. Os dois estavam de acordo. E Pete o tratara como um irmão de verdade, em vez de um fardo com o qual precisava lidar.

— *Pete? Você está aqui?*

Quando ouviu apenas silêncio, Chuck ligou para o irmão. O telefone tocou até cair na caixa postal.

— Pete, cadê você? — Soluço. — Estou aqui com o Foxy, te esperando. Me ligue, ou venha rápido. Você sabe que morro de medo deste lugar.

Mais soluços.

Chuck desligou e deu um passo adiante, apontando a lanterna para o pequeno palco. Sentiu um calafrio. Seus instintos lhe diziam para se afastar o máximo possível daquele lugar, mas não podia fugir. Pouco importava se estava com medo. Seu irmão corria perigo. Engolindo em seco, o menino foi até o painel de controle. Iria descobrir o que havia acontecido com Pete. Precisava confirmar se Foxy estava mesmo assombrando seu irmão. Sua mão pairava sobre o botão LIGAR quando o celular tocou, fazendo Chuck tomar um susto e irromper num acesso de soluços.

Ele atendeu na mesma hora.

— Pete?

— Não, filho, é o papai. Onde você está? Fui até a escola te buscar, mas você não estava lá.

Chuck sentiu medo de se meter em confusão por ter matado aula. Sua garganta se apertou.

— Eu… desculpa, pai. — Soluço. — O Pete precisava de mim, então tive que sair. — Soluço. — Não vai se repetir, prometo.

— O Pete? Como assim? Você falou com ele?

— Não. Ele deixou uma mensagem de voz pedindo para eu encontrar com ele, mas não chegou aonde a gente combinou de se ver. Não sei onde ele está, e ele não atende o celular.

Chuck soluçou de novo.

— Ah, filhote… — começou o pai, com a voz trêmula.

— O quê? O que foi, pai? — O menino foi tomado pelo medo. — Por que você foi me buscar na escola?

Soluço.

— Chuck… Aconteceu um acidente.

O pai buscou Chuck na Pizzaria Freddy Fazbear's e dirigiu mais rápido do que o normal até o colégio de Pete. Não perguntou por que o garoto pretendia se encontrar com o irmão na pizzaria. Falou que a mãe tinha ido direto para a escola ao receber uma ligação informando que Pete havia sido atropelado por uma caminhonete.

— Não vamos contar para sua mãe que você matou aula — falou o pai. — Ela não precisa de mais estresse nesse momento.

Chuck sentiu uma pontada de culpa.

— Combinado, pai. Mas foi pelo Pete, entende? Eu nunca faria isso se não fosse por ele.

— Eu sei, filho. Não se preocupe. Irmãos devem cuidar um do outro.

O caçula assentiu. Quando começaram a se aproximar do colégio, Chuck viu as luzes azuis e vermelhas. Viaturas bloqueavam a rua, e barricadas mantinham os alunos longe da calçada.

Chuck engoliu em seco antes de perguntar:

— O Pete vai ficar bem, né, pai?

O homem estacionou a caminhonete junto ao meio-fio, a um quarteirão de distância das viaturas, e desligou o motor.

— Vai — respondeu ele.

Mas sua voz estava esquisita, contida. Tinha um olhar assustado e incerto, como se não acreditasse nas próprias palavras.

Chuck saiu do carro às pressas junto com o pai. Os dois correram até as luzes.

Um policial ergueu os braços, alertando:

— Perdão, senhor, mas ninguém pode passar.

— É meu filho, preciso vê-lo. Minha esposa já chegou.

— Nome?

— Dinglewood. Meu filho se chama Pete Dinglewood. Ele foi atropelado.

O policial assentiu e permitiu que os dois entrassem na área isolada. Passaram por tantos paramédicos que Chuck perdeu a conta, e viram uma caminhonete parada com um amassado imenso no para-choque. O menino soluçou, torcendo para que o estrago não fosse resultado da colisão com Pete. Havia um homem sentado no meio-fio, conversando com um policial. Estava com o boné nas mãos, chorando. Chuck olhou para o meio da rua e congelou quando viu o sapato do irmão caído ali. Era um tênis branco, que deixava as manchas de sangue evidentes de uma forma terrível. O garoto só conseguia pensar que Pete precisava do sapato. Plaquinhas de plástico com números haviam sido espalhadas pela área, como numa cena de crime. Chuck engoliu em seco e seguiu o pai, até encontrarem a mãe parada perto de uma maca. Estava de costas para os dois, com os ombros tremendo.

— A mamãe está ali — avisou o caçula, mesmo tendo quase certeza de que o pai já a avistara.

De fato, o pai correu até a ex-esposa e a abraçou.

Chuck se deteve, com medo de ver Pete naquela maca. Pegou a bombinha e inalou uma vez antes de se aproximar. Atrás das barricadas, havia um grupo de alunos do ensino médio. Alguns estavam com uma expressão chocada, outros choravam. Um ou outro vestia fantasia de pirata. *O Pete deve ter odiado isso.* O pensamento fez os lábios de Chuck se retorcerem, mas ele não conseguiu sorrir.

— Ei, filho — chamou o pai, estendendo a mão. —Venha aqui.

Ele estava chorando. Chuck nunca tinha visto o pai chorar antes.

O menino não queria se mover. Não queria se aproximar da maca. Se pudesse, teria corrido para longe dali. Mas se forçou a dar um passo, depois outro. Sentiu a cabeça meio atordoada e os movimentos lentos, como se estivesse se arrastando por uma atmosfera densa. Quando enfim alcançou os pais, se colocou entre os dois como se quisesse apoio.

Pete estava deitado na maca, extremamente pálido e de olhos fechados. O arranhão vermelho do acidente de pesca se destacava em seu rosto, e alguns arranhões recentes marcavam sua testa. Chuck esperou o irmão despertar. Esperou ele se mexer, piscar, fazer qualquer coisa.

— Ele se foi, Chuck — revelou o pai, às lágrimas.

As palavras fizeram a mãe chorar ainda mais.

Então, um homem de jaleco branco se aproximou calmamente da família.

— Sinto muito pela perda de vocês — disse ele. — Estaremos esperando vocês no hospital quando estiverem prontos.

— Está bem, obrigado — respondeu o pai.

O sujeito usava luvas azuis. Ele puxou o zíper grande na altura do peito de Pete, fechando o garoto num imenso saco preto. O irmão havia partido, simples assim.

Pete estava paralisado, não conseguia mexer o corpo. No entanto, não sentia frio, calor nem dor. Uma escuridão o envolvia. Havia vozes distantes... Sons que sugeriam movimento...

Olá? Onde estou?, perguntou a si mesmo.

Não conseguia mover os lábios.

Mas que...?

Teve a impressão de que um longo tempo se passou. Enfim, ouviu um som de zíper e foi banhado por uma luz intensa. Havia um homem acima dele, usando óculos de segurança, uma touca de tecido azul e uma máscara cobrindo o nariz e a boca. Será que era um médico?

Ei, cara, você precisa me ajudar. Estou me sentindo meio esquisito.

Pete concluiu que devia estar no hospital. Ele se lembrava de ter sido atropelado pela caminhonete. Estava tentando chegar à pizzaria, mas havia se esquecido da regra que a mãe incutira em sua cabeça desde criança: sempre olhar para os dois lados antes de atravessar a porcaria da rua. Bom, ele faria uma cirurgia e estaria novinho em folha. Foi inundado de alívio. Ele se recuperaria, e aí ele e Chuck enfrentariam Foxy juntos para botar um ponto-final naquela história. Finalmente.

Outro homem surgiu acima de Pete, encarando o garoto com um olhar triste, e lamentou:

— Coitado. Tão novinho…

— Pois é, odeio quando são tão jovens assim.

— Dá um dó… Às vezes, eu até me arrepio.

— Você lembra dos seus filhos, né?

— Sim, vou fazer questão de dar um abração neles quando chegar em casa.

— Eu também.

Os dois sujeitos ergueram o corpo de Pete e o colocaram numa mesa dura.

Ei, pessoal, não sei por quê, mas não estou conseguindo me mexer. Qual é o problema? Vocês me deram anestesia, por acaso? Estou meio assustado e tive uma semana bem zoada, sabia? Então, por favor, me digam que está tudo bem.

Um pensamento horrível surgiu na mente de Pete. *Ai, não, será que a caminhonete machucou minhas pernas? Vou poder andar de novo? Será que é por isso que não sinto nada? Por que vocês não falam comigo, pessoal? Preciso de respostas! Preciso de ajuda!*

Então, um dos homens cobriu os olhos de Pete com os dedos enluvados.

— Que esquisito…

— O que foi?

— Não estou conseguindo fechar as pálpebras. É como se tivessem enrijecido abertas.

— Já vi algo assim acontecer antes.

— É, mas não gosto nada disso. Queria que elas se fechassem.

O outro sujeito riu.

— Supera, seu reclamão. A gente tem um monte de trabalho para fazer. — Ele pegou um tablet. — Bom, tem uma parte boa nessa história: aqui diz que o garoto é doador de órgãos.

Espera. Como assim?

— Pois é, partes dele vão para quem precisa. O menino era jovem e saudável. Mas a gente precisa trabalhar rápido.

Não! É um engano! Eu estou bem! Não quero doar meus órgãos agora! Mãe! Pai! Cadê vocês?! Não deixem que façam isso comigo!

O homem pegou uma tesoura grande e começou a cortar as roupas de Pete. Depois de alguns minutos, música preencheu o cômodo.

Calma lá… Isso é outro pesadelo? Estou sonhando? Por favor, que seja só um pesadelo… Não pode ser real. Acorda, Pete! Acorda, caramba!

— Você tem planos para hoje à noite?

— Sim, vou levar as crianças na Freddy Fazbear's. Elas amam aquele lugar.

— Meus filhos também. Aqueles bichos animatrônicos me dão um pouco de medo, mas a molecada adora. E eu faço o que for preciso para deixá-los felizes.

Parem! Eu estou vivo! Vocês não podem tirar meus órgãos antes de eu morrer! Alguém me ajude! Por favor!

O primeiro homem pegou um bisturi e posicionou a ponta bem no meio do peito de Pete.

— Ah, espere um instante — interrompeu o outro sujeito, lendo algo no tablet.

— O que foi?

Ah, ainda bem. Diga logo que é um engano, que eu ainda estou vivo. Avise que não é para me abrir todo!

— Chegou um caso urgente: estão precisando de córneas e de uma mão. Aqui diz que o garoto é um doador perfeito, e a mão dele não está muito machucada. Vai servir, mas a gente precisa ser rápido. A ambulância para o transporte dos órgãos vai chegar logo, logo, então vamos começar por essas duas partes.

Nãooooooo!

O homem com o bisturi olhou para Pete.

— Mandou bem, carinha. Você vai ajudar um monte de gente.

Depois pegou um pequeno fórceps com a outra mão.

O segundo sujeito ligou uma pequena serra circular, cuja lâmina começou a girar.

— Vamos dar início aos trabalhos.

Pete começou a ouvir a música de Foxy em sua mente...

Você pode ser um pirata, mas vai ter que perder um olho e um braço! Argh!

Impotente, assistiu horrorizado enquanto o primeiro homem aproximava os instrumentos de seus olhos.

*   *   *

Quatro semanas depois...

Chuck estava indo de bicicleta até a Pizzaria Freddy Fazbear's, sentindo o ar gelado. Havia nuvens pesadas e escuras no céu. Quando chegara da escola, não havia ninguém em casa. O garoto sabia que estaria vazia, mas mesmo assim gritara:

— Oi, tem alguém aí? Pete?

A única resposta havia sido o zumbido da geladeira.

A casa não era muito grande, mas, para Chuck, parecia imensa e vazia. Antes, ele desejara ter idade suficiente para ficar em casa sozinho. Desde que seu desejo tinha se realizado, o que mais queria era companhia.

A mãe enfim conseguira voltar ao trabalho depois de semanas chorando. O pai também. O luto da perda de Pete unira os dois, e Bill tinha se mudado de volta para a casa da família após o funeral. Certo dia, Chuck vira os dois arrumando o quarto de Pete. Tinham recolhido as roupas sujas, jogado o lixo fora, arrumado a cama e fechado a porta. Ninguém a abrira desde então.

Fazia algum tempo que Chuck não via os amigos. Devia estar fazendo os deveres de casa, mas algo o incitava a voltar até a Pizzaria Freddy Fazbear's...

Para ver Foxy de novo.

Chuck não revelara a ninguém a teoria dele e de Pete sobre os acidentes: que tudo tinha começado na pizzaria. Nem o motivo de terem combinado de se encontrar na Freddy Fazbear's.

Por semanas, Chuck sentira um aperto no peito, como se devesse fazer algo, como se aquela história fosse um quebra-cabeça incompleto.

Ele ouvira a última mensagem de Pete várias vezes desde o funeral.

— *Chuck! Você estava certo! Era o Foxy o tempo todo. Preciso ir até a pizzaria e encarar o desgraçado. Ainda tem coisas esquisitas acontecendo, mas não vou deixar o Foxy vencer! Nem pensar! Sinto muito por não ter acreditado em você, irmãozinho! Me encontre lá quando puder! A gente vai resolver isso juntos!*

A morte de Pete atormentava Chuck dia e noite. Às vezes, quando estava na escola, o sinal tocava e ele se dava conta de que a aula acabara antes mesmo de perceber que tinha começado. Estava indo mal em todas as matérias. Os professores o observavam, mas não falavam muito. Todos sabiam que ele perdera o irmão. Que mudara depois do acidente. Chuck se sentava sozinho na hora do almoço, escrevendo no caderno, registrando teorias sobre o que poderia ter acontecido com Pete e o que poderiam ter feito antes que ele tivesse... partido.

Bom, não queria mais saber dessas hipóteses. Chuck estava farto de reflexões.

Prendeu a bicicleta no bicicletário em frente à Pizzaria Freddy Fazbear's. Quando entrou no restaurante, o cheiro familiar de pepperoni o atingiu. Os apitos e musiquinhas dos fliperamas soavam ao redor. Ele foi até as máquinas e viu algumas crianças apinhadas diante de um dos jogos. Ele costumava ser uma delas. Sempre adorara aquele lugar... até o fatídico dia em que Pete o arrastara pelo corredor até a sala de manutenção e tudo mudara.

Ele atravessou o salão de jogos, indo até as mesas das festas de aniversário. Lá, viu algumas famílias sentadas em frente ao palco. Todos pareciam tão felizes... As crianças mais novas comiam pizza, entretidas com o espetáculo dos animatrônicos. Algumas cantavam de boca cheia. Todos aplaudiram e assoviaram quando a canção terminou.

Chuck foi até a porta do corredor que levava à sala de manutenção. Olhou por cima do ombro, se certificando de que ninguém prestava atenção nele, depois se esgueirou lá para dentro. Devagar, avançou pelo corredor escuro, passando por cartazes antigos até chegar à sala de manutenção. Estendeu a mão trêmula até a maçaneta, respirou fundo e abriu a porta pesada, adentrando o breu.

A porta bateu, o som ecoando em seus ouvidos.

Sentindo a respiração acelerada, ele pegou a bombinha e inalou. Depois, a enfiou de volta no bolso e ligou a lanterna do celular. Foi direto até o pequeno palco, abrindo a caixa com o painel de controle. Não havia tempo a perder.

Um calafrio percorreu seu corpo, mas Chuck o ignorou. Sabia que, se hesitasse, não conseguiria cumprir sua missão e repassaria aquele momento na cabeça para sempre. Ele faria o que precisava ser feito. Descobriria o que havia acontecido com seu irmão.

— Essa é por você, Pete — falou ele para o cômodo escuro. —Vou encarar o chefão e zerar o jogo.

Ele apertou com tudo o botão LIGAR.

Esperou a cortina se abrir... Foxy começar a cantar...

Mas nada aconteceu.

Chuck ouviu apenas o mais absoluto silêncio.

DANCE COMIGO

As estrelas pareciam pontinhos de luz numa manta de veludo preto. Deitada de costas numa mureta, Kasey observava o céu, maravilhada por ser uma parte, ainda que minúscula, de um universo tão lindo. Lembrou-se de uma canção de ninar de quando era pequena. Tinha recebido uma lição da escolinha com os versos e um desenho de estrelas sorridentes para colorir. *Brilha, brilha, estrelinha*, pensou ela, refletindo sobre quem tinha se tornado.

— Kasey! — chamou Jack, despertando-a do transe. — Olha!

A garota ergueu o tronco e se virou para o restaurante do outro lado da rua, o Mundo da Pizza da Circus Baby. Uma mulher e duas crianças aguardavam em frente à porta vermelha. A mãe procurava algo na bolsa.

— Vamos — sussurrou Jack.

Kasey desceu do muro e, casualmente, atravessou a rua com Jack. Entrou no beco ao lado da pizzaria e se aproximou até ouvir a menininha de cabelo castanho falando com a mãe.

— Eu acho a Circus Baby tão bonita! — exclamou a menina, que vestia uma camiseta com estampa dos mascotes meio horripilantes da pizzaria.

— Ela é mesmo — concordou a mãe, parecendo atordoada após ter passado tanto tempo cercada pelas luzes brilhantes e pelos barulhos altos daquele paraíso infantil da pizza.

— Posso usar maria-chiquinha igual a Circus Baby? — perguntou a menina, separando o cabelo em dois tufos.

Ela não devia ter mais do que três anos, estimou Kasey. Quatro, no máximo.

— Claro — falou a mãe. — Agora dê a mão para o seu irmão enquanto procuro a chave do carro.

— Mas ela está toda melecada de doce... — reclamou o menino, que devia ter uns sete anos.

— Mamãe, eu quero nanar... Carrega meu saquinho surpresa? — pediu a filha, estendendo a sacolinha plástica com o logo do restaurante.

A mãe encontrou a chave do carro e respondeu:

— Claro. Vou guardar na bolsa.

— Me carrega? — pediu a menina. — Tô com soninho demais para andar.

A mãe sorriu.

— Vem cá, mocinha.

Enquanto a mulher se abaixava para pegar a filha no colo, sua bolsa escorregou do ombro e ficou pendurada no antebraço esquerdo.

— Agora! — sussurrou Jack no ouvido de Kasey.

A garota cobriu o rosto com a balaclava. Saiu do beco, passou correndo pela família e arrancou a bolsa da mulher com um movimento rápido e certeiro. Continuou avançando a toda velocidade enquanto a mãe gritava e a filhinha chorava.

Enquanto fugia, Kasey ouviu o menino falar:

— Eu vou atrás do bandido, mamãe!

— Não! — disse a mulher com firmeza. — Você fica aqui.

Se falaram mais alguma coisa, Kasey não conseguiu ouvir. Sabia que era rápida e que a mãe jamais a alcançaria, que dirá com duas crianças no colo.

Depois que abriu distância da cena do delito, ela tirou a balaclava e a guardou no bolso do casaco. Desacelerou e continuou caminhando normalmente, como se a bolsa lhe pertencesse. Agora pertencia mesmo.

Encontrou os garotos em casa — ou no que chamavam de casa. Kasey, Jack e A.J. moravam num galpão abandonado. Não havia eletricidade, então precisavam se virar com lanternas e lampiões. Mas o teto era firme e a construção tinha um isolamento térmico razoável, que tornava seu interior mais quente do que o lado de fora. Os três dormiam em sacos de dormir e esquentavam comida enlatada num fogareiro de duas bocas. Viver no galpão era muito parecido com acampar. *É uma forma de encarar a situação*, pensava Kasey.

Ela se sentou nos caixotes de madeira que usavam como cadeiras, segurando a bolsa roubada no colo.

— E aí, quanto a gente conseguiu? — perguntou Jack, olhando por cima do ombro da garota.

Ele tinha um nariz pontudo e era bastante inquieto, como um ratinho.

— Engraçado você dizer "a gente" quando eu fiz tudo — retrucou Kasey, abrindo o zíper da bolsa.

— É assim que a banda toca aqui no Covil dos Larápios Comuns — lembrou A.J., sentado no caixote ao lado. Era alto e robusto, o brutamontes do trio. — A gente divide tudo.

— Isso aí — concordou Jack. — É tipo quando os técnicos falam que "um" não rima com "time". Só que, no nosso caso, não rima com "Larápio Comum".

— Só que rima, pô — alertou Kasey, rindo.

Ela afastou as tranças compridas do rosto e espiou dentro da bolsa. A primeira coisa que pegou foi o saquinho com brindes da menina. Não tinha sido à toa que a criança abrira o berreiro ao ver a mãe sendo roubada: não queria perder todos os doces e os brinquedinhos de plástico que havia "ganhado" na pizzaria. Kasey enfiou o saquinho no bolso do casaco e logo encontrou o que interessava ao trio: uma carteira.

— E aí, tem quanto? — perguntou Jack, tremendo de tanta expectativa.

— Sossega aí — retrucou Kasey, abrindo a carteira para contar as notas. —Vamos ver... Oitenta e sete dólares.

Não era uma quantia incrível, mas também não era péssima. As pessoas mal andavam com dinheiro em espécie hoje em dia.

— E os cartões? — quis saber A.J.

—Vou ver.

Kasey pegou a carteira de motorista da mulher e logo desviou o olhar. Sempre se sentia mal ao pensar nas vítimas, pessoas que precisariam ficar esperando na fila do Departamento de Trânsito para tirar uma nova via do documento. Ela pegou os outros cartões.

— Tem o cartão de uma rede de posto de gasolina e um de crédito — informou a garota.

O primeiro não serviria para muita coisa, já que não tinham carro. Ainda assim, poderiam usá-lo nas lojas de conveniência dos postos. Quanto ao cartão de crédito, conseguiriam usufruí-lo antes de descartá-lo. Kasey precisava muito de um par de meias e tênis novos. Os que usava estavam caindo aos pedaços, remendados com fita isolante. Seus pés doíam o tempo todo.

— A gente tenta usar os cartões amanhã — propôs Jack. — Nesse meio-tempo, 87 dólares dividido por três dá...

Para fazer as contas, ele escreveu os números no ar, como se estivesse resolvendo um exercício em uma lousa.

—Vinte e nove dólares para cada — anunciou ele. — Quero vinte dólares agora, dona Kasey.Vou dar uma volta e descobrir o quanto dá para se divertir com vinte conto.Vocês vêm comigo?

— Eu vou — falou A.J., estendendo a mão. — Também quero vintão, Kasey.

— Acho que vou ficar por aqui — avisou ela.

Não era festeira como os garotos. Sua mãe adorava uma balada, e Kasey descobrira desde pequena que a tendência da mulher de torrar toda a grana numa única noite de diversão significava que as duas sofreriam as consequências disso até o próximo salário.

— Por quê? — perguntou Jack. — Ficar aqui é chatão.

— Estou cansada. — Kasey devolveu a carteira à bolsa roubada. — A parte de correr ficou toda comigo, lembra?

Depois que os garotos saíram, ela se deitou em seu saco de dormir. Começou a fuçar o saquinho do Mundo da Pizza da Circus Baby e achou um óculos de papelão com lentes frágeis de celofane. A armação tinha o desenho de uma bailarina robô esquisita. Kasey colocou os óculos, mas ficou atordoada e não enxergou nada. Estava escuro demais para o brinquedo funcionar. Ela guardou os óculos no bolso do casaco para tentar de novo mais tarde.

De resto, o saquinho surpresa continha um monte de doces. Kasey e seus amigos comiam apenas o suficiente para sobreviver. Quando conseguiam um pouquinho de grana, devoravam hambúrgueres baratos. Quando estavam falidos, furtavam ensopado de carne e ravióli enlatado em lojas de conveniência. Fazia muito tempo que a garota não comia um doce. Ela escolheu um pirulito vermelho, tirou a embalagem e o colocou na boca, sentindo o gostinho artificial de cereja. Lembrou-se de quando era criança.

Uma criança. Ela tinha roubado de uma criança. O ditado popular lhe veio à mente: *fácil como roubar doce de criança.* Era exatamente o que Kasey fizera. Não se orgulhava disso. No entanto, a mãe daquelas crianças usava sapatos bonitos, e a bolsa e o carro eram dos bons. Se tinha dinheiro para levar os filhos para comer pizza e brincar nos fliperamas, conseguiria comprar mais doces para eles.

Por que Kasey se transformara numa infratora, e não em uma pessoa como a mulher de quem roubara? Ser uma ladra que mora num galpão não estava em seus planos. Duvidava que fosse a carreira dos sonhos de alguém.

A mãe de Kasey não morria de amores pela maternidade. Trabalhava à noite e dormia de dia. Quando a garota voltava da escola, não era raro que a mãe olhasse para ela com uma mistura de surpresa e irritação, como se estivesse pensando: "Nossa, tinha esquecido. Eu tenho uma filha, né?" O jantar geralmente era cereal ou um sanduíche antes do turno da mãe na boate. Depois que ela saía, Kasey fazia o dever de casa, tomava um banho e assistia à televisão até a hora de dormir. Em caso de emergência, tinha instruções de ir bater à porta da senhorinha que morava no apartamento ao lado. Mas nunca precisara fazer isso. Sabia se cuidar sozinha.

Quando Kasey era adolescente, a mãe havia arranjado um namorado que parecia que duraria mais do que os outros. Ele tinha um emprego fixo e poderia ajudá-la financeiramente. O único problema era que o cara não queria uma adolescente "se aproveitando deles", como costumava dizer. Ele contava que saíra da casa dos pais e arrumara um emprego quando tinha mais ou menos a idade de Kasey, e que era por isso que havia se dado tão bem na vida. Quando o namorado exigira que a mãe dela escolhesse entre ele e a filha, a mulher não pensara duas vezes. Kasey tinha ido parar no olho da rua antes de completar dezessete anos.

Seus professores imploraram para que a garota não abandonasse a escola. Ela tinha notas boas e era atleta — talvez conseguisse uma bolsa de estudos para cursar a faculdade. Mas não dava para continuar na escola e ganhar dinheiro suficiente para sobreviver. Então, Kasey largara os estudos e começara a fazer vários bicos, pegando vários turnos, sem nunca conseguir o bastante para pagar o aluguel e o mercado do mês. Às vezes, dormia em cômodos minúsculos que alugava por semana. Outras vezes, no sofá de amigos, até a hospitalidade acabar.

Seu primeiro furto acontecera no Frango Frito Famoso, o restaurante de fast-food em que trabalhava na época. Era um emprego péssimo. Ela passava horas suando diante da fritadeira, e toda noite voltava para casa com a sensação de que tinha mergulhado num tonel de óleo. Certo dia, enquanto varria o chão do restaurante, notara que um cliente tinha ido ao banheiro e deixara o casaco pendurado no encosto da cadeira. Dava para ver a pontinha de uma nota de vinte dólares saindo do bolso. Fora tentador demais.

Varrendo até se aproximar da mesa em questão, Kasey pegara a nota e a escondera na manga. Tinha sido muito fácil, e até um pouco emocionante. A garota sabia que o cliente jamais suspeitaria de furto, apenas pensaria que precisava ser mais cuidadoso.

Ganhando um salário mínimo diante das fritadeiras, Kasey teria levado mais de duas horas para receber o que roubara em menos de um minuto. Sentira certo prazer ao constatar que saíra por cima, passando a perna no sistema.

Logo, estava roubando em vez de trabalhar: afanando bolsas, batendo carteiras, furtando comida e outros itens básicos. Certa vez, numa feira de rua, enquanto afanava carteiras e notas do bolso das pessoas, dois homens se aproximaram. Kasey achara que seria presa, mas logo vira que os homens não tinham pinta de policial. Um sujeito era branco, magricela e inquieto, cheio de tatuagens. O outro era negro, com ombros largos e a aparência de quem jogara futebol americano no ensino médio.

"A gente tá de olho em você há um tempo, e você manda bem", falara o magricela com trejeitos ansiosos. "Já pensou em trabalhar em equipe em vez de sozinha?"

"A gente cuida um do outro", explicara o grandalhão. "E dividimos os lucros. Quanto mais pessoas trabalhando, mais dinheiro conseguimos."

Kasey se juntara a Jack e A.J. porque os dois moravam na rua havia mais tempo e estavam dispostos a ensiná-la suas táticas de sobrevivência. Sem dúvida eram mais imprudentes do que ela, e torravam toda a grana que roubavam, mas estar num grupo era mais seguro do que ficar sozinha. Mesmo que os garotos lhe dessem nos nervos de vez em quando, Kasey preferia ter a companhia dos dois.

Ela terminou o pirulito vermelho e se acomodou no saco de dormir. Caiu no sono com o delicioso gostinho doce ainda na língua.

A garota acordou com a luz do sol entrando pelas claraboias do galpão. Jack e A.J. ainda roncavam baixinho nos respectivos sacos de dormir. Kasey não fazia ideia de que horas os dois haviam voltado na noite anterior. Ela se esgueirou para fora do saco de dormir e decidiu usar dois dólares do roubo para comprar um café da manhã baratinho no Armazém do Lanche. Um salgado de salsicha e um café pequeno com refil de graça a sustentariam o dia todo. Então pegou a mochila e saiu para a rua, sentindo o sol radiante da manhã.

O Armazém do Lanche ficava a meio quarteirão do Mundo da Pizza da Circus Baby, onde acontecera o *delito* da noite anterior. Kasey deu uma risadinha com a palavra dramática que lhe viera à mente, visto que roubara apenas um saquinho de doces de uma criança. Entrou na lanchonete, fez o pedido e se sentou num banco de vinil laranja perto de um mural com animais de fazenda. Colocou leite e açúcar no café, pegou o salgado e comeu com toda a calma do mundo.

Enquanto isso, ficou observando os outros clientes. Quase todos pegavam os pedidos para viagem, atrasados para seus empregos em escritórios, lojas e canteiros de obras. Pareciam estressados e com pressa.

Aquele era um ponto positivo da vida de Kasey: ela podia fazer as coisas com calma. Só precisava correr depois que batia carteiras ou roubava a bolsa de alguém.

Comprar café da manhã no Armazém do Lanche dava a ela o direito de usar o banheiro feminino, direito esse que precisava ser aproveitado. Depois de terminar a refeição, ela foi até lá, se trancou dentro de uma das cabines e tomou um banho de gato com lencinhos umedecidos. Em seguida, trocou as meias, as roupas íntimas e a camiseta. Ao terminar, foi até a pia, lavou o rosto e escovou os dentes.

Uma mulher de camisa social e calça bege fez cara feia para Kasey. A garota a ignorou. Tinha direito de estar ali. Depois, encheu sua garrafinha de água na pia e a guardou na mochila. Estava pronta para começar o dia.

De volta à rua, com a barriga cheia de comida e café, Kasey se sentia melhor. Pensou em dar uma volta no parque antes de retornar ao galpão e ver o que os rapazes estavam aprontando. Enquanto caminhava, colocou as mãos nos bolsos do casaco e sentiu os óculos de papelão. Ela abriu um sorrisinho e os tirou do bolso.

Na noite anterior, não havia percebido um pedacinho de papel minúsculo grudado na perna esquerda da armação. Puxou a fita devagar, desenrolando o papel, e leu:

Se colocar os óculos, Ballora vai dançar para você.

Kasey assim o fez. Sentindo a mesma tontura da noite anterior, olhou para a calçada que dava no Mundo da Pizza da Circus Baby. A distância, viu uma bailarina com os braços erguidos, girando na ponta dos pés. A imagem era azulada e um tanto embaçada. De repente, a garota lembrou o nome daquilo: holograma. Mesmo distante e borrada, porém, havia algo de fascinante na estranha bailarina.

Pirueta. Aquele era o nome do passo de dança da boneca. Quando era bem pequena, Kasey desejara ser bailarina, como tantas outras garotas. Mas a mãe não tinha dinheiro e dissera que, mesmo se tivesse, não o torraria com algo tão inútil quanto aulas de dança.

A garota permaneceu na calçada, encarando a bailarina como se estivesse hipnotizada. Era bonita, e seu dia a dia carecia de beleza. Kasey foi tomada por tristeza, anseio e algum outro sentimento... Arrependimento, talvez? Será que estava começando a se arrepender do seu estilo de vida? Afinal, a vida não devia ter beleza? Ser mais do que apenas sobreviver? Depois de um tempo, a tontura de Kasey piorou, como se ela própria estivesse dando piruetas. Com medo de passar mal, tirou os óculos e se apoiou na lateral de um prédio.

Analisou os óculos. A bailarina era um efeito visual impressionante, considerando como os óculos pareciam baratinhos. Não à toa a menina tinha ficado tão chateada ao ver o saquinho surpresa ser roubado. Para uma criança, aqueles óculos deviam ser mágicos.

Kasey os guardou no bolso de volta. Decidiu deixar o passeio no parque para outro dia e retornou ao galpão. Precisava mostrar aquele brinquedo doido para os garotos.

Jack e A.J. estavam acordando quando ela chegou.

— Que horas vocês voltaram noite passada? — perguntou Kasey, se sentando num caixote.

— Nem lembro... Duas? Três da manhã? — Jack bocejou, ainda deitado no saco de dormir, se apoiando em um dos cotovelos. — Não importa. Não preciso bater ponto.

A.J. abriu o zíper do próprio saco de dormir e se sentou de pernas cruzadas.

— Ei, a gente estava pensando em pegar aquele cartão do posto de gasolina que você arranjou e ver se conseguimos comprar comida na loja de conveniência do Posto Disposto.

— Beleza — falou Kasey. Seria bom ter mantimentos em casa. — Mas, primeiro, quero mostrar uma coisa para vocês.

Os três saíram do galpão. Ao lado do contêiner de lixo, Kasey tirou os óculos de papelão do bolso.

— Achei isso aqui no saquinho de brindes daquela pizzaria — explicou ela, entregando o brinquedo para Jack. — Experimenta.

Ele colocou os óculos, fez uma pose e riu.

— Olha bem para a frente — instruiu Kasey. — Está vendo ela?

— Ela quem? — questionou o garoto.

— A bailarina dançando.

— Não estou vendo ninguém — respondeu Jack. — As lentes só fazem tudo ficar azul.

— Deixa eu tentar — pediu A.J., pegando os óculos e os colocando no rosto. Ele olhou ao redor. — Também não estou vendo, não.

— Nenhuma bailarina? — perguntou a garota.

Não fazia sentido. Por que os dois não viam o holograma?

— Não. Só ficou tudo azul mesmo, como o Jack disse.

A.J. devolveu os óculos para Kasey.

Ela estava confusa. Será que o brinquedo só funcionava na frente do Mundo da Pizza da Circus Baby? Mas aquilo não faria sentido. Por que criar um brinquedo que só funcionava em um lugar específico?

A garota colocou os óculos de novo e olhou para o outro lado da rua. A bailaria — Ballora, de acordo com o papelzinho — dançava no beco cheio de lixo entre dois galpões. Kasey logo foi tomada por uma tontura e se sentiu inquieta, como na ocasião anterior.

— Bom, eu consigo ver — anunciou ela, tirando os óculos antes que perdesse o equilíbrio ou vomitasse. — Talvez tenha alguma coisa errada com os olhos de vocês.

— Talvez tenha alguma coisa errada com o seu cérebro — rebateu Jack, rindo e cutucando A.J., que também gargalhava.

Kasey ignorou as provocações e guardou os óculos de papelão no bolso do casaco, pensativa. Será que os dois estavam certos? Será que havia algo errado com ela?

No Posto Disposto, pegaram mais comida do que a maioria das pessoas comprava numa loja de conveniência: um pacote grande de pão, um pote de pasta de amendoim, seis sacos de salgadinho, além de ravioli e ensopado de carne enlatados e um fardo de doze latas de refrigerante. Kasey sabia que seria responsável por fazer o pagamento, porque Jack e A.J. sempre diziam que ela tinha cara de pessoa honesta. Além disso, os funcionários tendiam a suspeitar menos de mulheres.

A atendente do caixa parecia sonolenta e entediada enquanto escaneava e embalava todos os itens. Kasey encostou o cartão roubado na maquininha e prendeu a respiração. Após alguns segundos, que pareceram séculos, a palavra "aprovado" apareceu na tela, sem pedir a senha.

Kasey, Jack e A.J. pegaram as sacolas e, assim que saíram da loja, começaram a rir da sorte grande.

— Bom, a gente não vai precisar se preocupar com comida por alguns dias — falou Jack. — Guarde bem esse cartão, Kasey.

— Vou guardar, mas não sei se vai dar para usar de novo — disse ela, colocando-o num bolsinho da mochila.

As instituições financeiras eram rápidas na hora de cancelar os cartões de crédito quando suspeitavam de que tivessem sido roubados.

De volta ao galpão, os três se empanturraram com sanduíches de pasta de amendoim, salgadinhos e refrigerante ainda gelado.

Jack e A.J. continuavam cheios de adrenalina por terem usado o cartão roubado. Riam e faziam piadas, mas algo incomodava Kasey… ela só não sabia exatamente o quê. Riu das piadas de Jack e A.J., mas uma preocupação esquisita se revirava no fundo de sua mente. O mais estranho era que não sabia com o que estava preocupada.

Havia a tensão constante da possibilidade de ser pega pelos roubos. O medo de ser detida, julgada e presa nunca ia embora, mas a nova preocupação era diferente. Parecia estar relacionada com os óculos, com o fato de que só ela conseguia ver a bailarina, com a tontura esquisita que a bonequinha rodopiante a fazia sentir.

Depois que terminaram de comer, Kasey pegou uma das sacolas da loja de conveniência.

— Joguem o lixo aqui — falou para Jack e A.J. — Vou levar até o contêiner lá fora.

— Sempre limpando as coisas… Você adora pagar de dona de casa, né? — comentou Jack, jogando as latinhas de refrigerante na sacola.

— Bom, vocês são dois porcos — alfinetou Kasey. — Não quero que a gente tenha uma infestação de insetos.

A garota crescera em apartamentos precários. Cada vez que a mãe era despejada por não pagar o aluguel, elas se mudavam para um lugar menor e mais sujo do que o anterior. Havia sempre baratas, e uma procissão infinita de formigas no verão. Assim que crescera um pouco, Kasey começara a lavar a louça e tirar o lixo que a mãe deixava acumular. A limpeza melhorava a situação, mas insetos ainda vinham dos apartamentos vizinhos como penetras em uma festa, à procura de comida e bebida de graça. A garota gostava de pensar que, quando crescesse, teria um apartamento limpinho, sem pragas. Ao contrário da mãe, pagaria o aluguel todo mês, sem atrasar.

O galpão não era o que Kasey tinha em mente, mas ao menos podia fazer sua parte para afastar os insetos. Ela levou o lixo para fora e o jogou no contêiner.

Talvez saísse para dar uma caminhada. Kasey sentia uma necessidade repentina de ficar sozinha. Sabia que, dentro do galpão, Jack e A.J. estariam fazendo planos para aquela noite. Era sexta-feira, então provavelmente iriam até as boates no centro da cidade. Bastava esperar um pouco que as vítimas fáceis sempre apareciam, principalmente as pessoas que haviam curtido as baladas por horas. Às vezes, Kasey passava por um grupo de homens e batia três carteiras sem que ninguém notasse.

Bolsas eram mais complicadas, porque não dava para furtá-las sem que a vítima percebesse. Mas Kasey era rápida. Antes de abandonar a escola, na época do ensino médio, ela praticava atletismo. Era rápida, então garotas meio embriagadas de salto alto jamais a alcançariam.

Em geral, Kasey gostava de planejar o trabalho da noite com os rapazes. Curtia elaborar estratégias para conseguirem a maior quantia possível e maximizar a chance de sucesso dos furtos. Era como resolver um quebra-cabeça.

Naquele momento, porém, ela não estava no clima para isso. Sentia vontade de caminhar e se livrar dos pensamentos confusos que giravam em sua mente.

Girar. Girar lembrava rodopiar. Por que ela não conseguia tirar aquela bailarina da cabeça?

A garota foi até o parque. Havia executivos sentados nos bancos, aproveitando a hora do almoço para comer sanduíches. Um passeador de cachorros andava com quatro animais de diferentes portes, tentando impedir que as guias se enroscassem. Kasey riu ao ver que o yorkshire ia na frente, como se fosse o maior cão do bando.

No parquinho, criancinhas escalavam, escorregavam e balançavam, gritando e rindo. As mães as observavam, garantindo que os filhos estavam em segurança. Kasey sentiu inveja daqueles meninos e meninas. Como será que era brincar com o coração tranquilo, sabendo que, se ficassem com fome ou com sede, a mãe tiraria alguns biscoitos ou uma caixinha de suco gelado da bolsa? Sabendo que, se ficassem cansadas, voltariam para casa e a mãe as colocaria numa cama quentinha e confortável para tirar um cochilo?

Kasey nunca sentira aquele tipo de segurança.

Ela foi até a área mais arborizada do parque, porque gostava de sombra e de ficar sozinha. As folhas de outono — vermelhas, douradas e laranja — caíam das árvores, flutuando até o chão. Uma camada delas estalava sob os pés de Kasey.

Era tão estranho... A garota não queria ver Ballora. Não gostava das sensações que a bailarina provocava. Ainda assim, tirou os óculos de papelão do bolso e os colocou no rosto. Sentiu a tontura familiar, apoiando-se numa árvore, e encarou a mata adiante. O sol cintilava entre os galhos.

E lá estava Ballora, dando piruetas entre as cores outonais. Enquanto a bailarina girava, as folhas voavam ao redor dela — devagar a princípio, depois mais rápido, como se estivessem num redemoinho.

Kasey admirou a cena por alguns segundos, depois pensou: *Espera aí. Se Ballora é apenas um holograma, como está fazendo as folhas girarem?* Não fazia sentido.

Além disso, parecia que Ballora estava mais perto do que no dia anterior. E a imagem era mais nítida. A garota conseguia ver as articulações dos braços e das pernas dela, similares às de uma boneca. Tinha os olhos azuis, os lábios vermelhos e o rosto branco, parecido com a maquiagem de um palhaço. No entanto, Ballora não sorria. Seus olhos azuis e sem vida não piscavam, mas Kasey tinha a sensação de que a encaravam. E a bailarina parecia não gostar nada do que via.

De repente, a garota ficou sem ar e sentiu medo de desmaiar. Estava surtando por causa de um brinquedo idiota? Arrancou os óculos e os enfiou no bolso do casaco. Era ridículo. Kasey precisava parar com aquilo. Se quisesse sobreviver, precisava manter a cabeça no lugar.

Ela voltaria até o galpão, conversaria com os garotos e descobriria quais eram os planos para a noite.

Depois da meia-noite, Kasey, Jack e A.J. foram até a região das boates. Não entraram em nenhuma, só ficaram à espreita na rua escura. Os garotos tinham escolhido os estabelecimentos, e Kasey esperava no beco ao lado de uma boate frequentada por universitários — todos com bolsos e bolsas cheios de dinheiro da mamãe e do papai.

Ela encontrou um alvo fácil: uma garota que falava alto e ria com o namorado, de vestido rosa-claro bem curto e saltos altos da mesma cor. A bolsa de grife, do mesmo tom que o vestido e os sapatos, estava pendurada no ombro pela alça fina.

Kasey tinha uma ferramenta para serviços como aquele: uma tesoura capaz de cortar alças de couro como se fossem papel. Ela sacou o instrumento do bolso, então se misturou à multidão e se esgueirou até parar atrás da garota de rosa. Posicionou a tesoura e estava prestes a cortar a alça quando alguém trombou com ela. A ladra tropeçou, e a ponta afiada da tesoura atingiu a pele da jovem. Quando pegou a bolsa, Kasey viu um corte superficial no braço da vítima.

— Ai! — berrou a garota de rosa. — O que foi isso? Ei, minha bolsa!

Kasey saiu correndo.

Avançou até abrir uma boa distância da vítima. Depois, diminuiu o ritmo para uma caminhada casual, guardando a bolsinha dentro do casaco.

Sua mente estava tomada pela imagem do corte no braço da jovem, o sangue vermelho-vivo escorrendo na pele pálida.

Kasey não tivera a intenção de machucar ninguém. Lógico, ter a bolsa roubada era assustador e inconveniente, mas não causava danos físicos. Ela já tinha roubado dezenas... talvez centenas... de pessoas, mas, até aquela noite, nunca machucara ninguém. Derramar sangue mudava as coisas.

Foi um acidente, pensou Kasey. Mas será que tinha sido mesmo? A garota de rosa só se machucara porque a ladra se aproximara com uma tesoura. Mesmo não sendo proposital, Kasey não era exatamente inocente.

Ela voltou para o galpão antes dos rapazes. Pegou uma lanterna e se sentou em cima do saco de dormir para ver o que tinha conseguido. Abriu a bolsinha rosa e jogou o conteúdo no próprio colo: uma carteira de motorista, um batom e uma nota de vinte dólares — que, segundo as regras do Covil dos Larápios Comuns, precisaria ser dividida entre os três ladrões.

Kasey guardou tudo na bolsa e suspirou. Não tinha valido o esforço nem o sangue derramado. Ela se acomodou dentro do saco de dormir, mas demorou a pegar no sono.

No dia seguinte, os três ladrões foram a pé até o centro, analisando possíveis lugares para furtos. Quando passaram pelo parque, Kasey viu as folhas rodopiando no ar, como haviam feito ao redor de Ballora. Ela colocou os óculos e viu a bailarina, ainda mais perto do que da última vez. Parecia se aproximar a cada dia. Se ao menos os amigos a vissem também, Kasey se sentiria mais tranquila. Ela tirou os óculos e deu uma corridinha para alcançá-los.

— Espera aí, gente! — pediu, estendendo os óculos. — Coloquem isso e olhem para lá. Bem no meio daquelas árvores.

— De novo? — perguntou A.J. — Não quero, não. Amo você como uma irmã, Kasey, mas não quero mais saber dessa bizarrice de bailarina.

Jack revirou os olhos, mas topou.

— Certo. Me dê isso aqui. — Ele colocou os óculos, olhou para onde Kasey apontava e anunciou: — Nada.

A garota sentiu um aperto no peito.

— Nada?

— Nadica de nada — confirmou Jack. — Só vejo duas soluções para esse problema. Ou internar você numa clínica psiquiátrica, ou então… fazer isso aqui. — Ele jogou os óculos de papelão numa lixeira. — Pronto. Problema resolvido. Beleza?

Kasey sentiu uma onda de alívio. Jack estava certo. Sem óculos, sem problema.

— Beleza — concordou ela, tentando sorrir. — Valeu, Jack.

— Não tem de quê — respondeu o garoto. — Agora, você precisa se recompor. O Covil dos Larápios Comuns precisa da sua mente aguçada e dos seus dedos ágeis. Chega de surtar por causa de maluquices.

Kasey assentiu. Mal podia acreditar que tinha se deixado abalar por um brinquedo idiota.

— Mente aguçada e dedos ágeis. Pode deixar — falou a garota, agitando os dedos. — Por que a gente não pega o ônibus até o supermercado e tenta usar o cartão de crédito daquela mulher?

— Ótima ideia! — exclamou Jack. — Viu só? Você já está melhor.

Os garotos seguiram em direção ao ponto de ônibus, mas Kasey hesitou. Os óculos eram a única coisa que lhe permitia ver Ballora. Sem o brinquedo, não a veria mais… o que não significava que a bailarina desapareceria. Talvez continuasse seguindo Kasey, se aproximando mais a cada dia. No entanto, a garota não teria como saber onde ela estava. Uma Ballora invisível seria mais assustadora do que uma visível, então Kasey enfiou a mão dentro da lixeira, pegou os óculos e os guardou no bolso antes de correr até o ponto de ônibus.

No supermercado, a garota escolheu um par de botas pesadas, confortáveis e práticas. Os três amigos também pegaram meias, roupas íntimas e camisetas. Comprar coisas demais chamaria a atenção, então tentaram focar nos itens de que mais precisavam.

Como sempre, foi Kasey quem levou as coisas para o caixa, porque tinha cara de pessoa honesta. Mas não fez a mínima diferença, porque a funcionária escaneou os itens sem nem olhar para a garota, perguntando num tom monótono:

— Débito, crédito ou dinheiro?

— Crédito — respondeu Kasey, estendendo o cartão roubado com expectativa.

A funcionária colocou o cartão na maquininha, franziu a testa e tentou de novo.

— Sinto muito, senhora, mas a transação foi recusada. Tem algum outro cartão que gostaria de usar?

— Não, obrigada.

Kasey pegou o cartão inútil de volta, abandonou os itens no caixa e saiu rápido pela porta do supermercado, onde Jack e A.J. a esperavam.

— Pagamento recusado — explicou a garota.

— Ah, que merda! — exclamou Jack enquanto se afastavam.

A.J. balançou a cabeça.

— A mulher deve ter registrado o roubo do cartão. Que pena. Eu estava empolgado com as meias e cuecas novas.

— Só nos resta fazer uma coisa — disse Kasey.

Ela pegou a tesoura e cortou o cartão em pedacinhos, que jogou feito confete na lixeira mais próxima.

A caminho do galpão, o trio passou pelo parque. Kasey ouviu o farfalhar de folhas e olhou de soslaio para onde rodopiavam. *Isso não significa que Ballora está ali*, disse a si mesma. Cerrou os punhos com força para conter o impulso de tirar os óculos do bolso. As folhas estavam rodopiando por causa do vento, só isso.

• • •

Os roubos daquela noite teriam que compensar a maré de azar. Os três estavam sentados no galpão, comendo ravioli enlatado com as mãos enquanto tentavam decidir os próximos passos.

— A gente podia tentar a pizzaria de novo — sugeriu Jack.

— As pessoas levam dinheiro para esse tipo de lugar.

— Não — retrucou Kasey, enfática.

— Por que não? — perguntou Jack. — Está com medo de acabar com outro brinquedo possuído?

— Nada a ver — falou a garota, sabendo que merecia a zoação. Tinha deixado a história dos óculos ir longe demais. — Só não queria que houvesse crianças envolvidas.

— Faz um tempo que a gente não passa na estação de metrô — comentou A.J. — É fácil se misturar à multidão e bater algumas carteiras. Seria uma boa forma de você recuperar a confiança, Kasey.

— Beleza, vamos fazer isso — concordou ela.

Queria um serviço fácil.

Não precisavam nem entrar na estação. Bastava esperar o horário de pico e se misturar às pessoas saindo dali. Kasey foi abrindo caminho na multidão, procurando executivos com cara de ricos e carteiras recheadas no bolso. Tinha acabado de encontrar um, porém, quando estendeu a mão, alguém a segurou pelo braço. Kasey se sobressaltou, mas logo viu que era Jack. Apenas mexendo os lábios, ele disse que precisavam ir embora dali.

Assim que viu a luz azul, a garota compreendeu tudo.

Havia uma viatura estacionada junto ao meio-fio. Kasey, A.J. e Jack avançaram junto com o resto das pessoas, sem chamar a atenção, como se também tivessem acabado de desembarcar do metrô. A garota respirou fundo quando se afastaram da polícia.

— Esse dia não tem como piorar, hein? — comentou Jack, quando já estavam de volta ao galpão.

— Os golpes de azar sempre vêm em três — falou A.J., erguendo três dedos. — A gente já sofreu dois, então falta um.

— Não acredito nessas superstições — retrucou Jack. — Gatos pretos, espelhos quebrados... Nada disso.

Estava frio dentro do galpão. Mais quente do que na rua, mas não chegava a ser uma temperatura confortável. Kasey resolveu ficar de casaco. Nessa época do ano, as noites ficavam cada vez mais frias, a ponto de ela sentir os dedos gelados. Logo precisaria comprar ou roubar um par de luvas. Enfiou as mãos nos bolsos para se aquecer e sentiu os óculos de papelão. Onde estaria Ballora? Será que faltava pouco para alcançá-la? Seria aquele o terceiro golpe de azar? Com o coração retumbando de pavor, a garota passou correndo por Jack e A.J. e saiu do galpão. De repente, o frio era a menor de suas preocupações.

Kasey andou de um lado para o outro. Enfim, com os dedos trêmulos, pegou os óculos no bolso.

Sem conseguir resistir, os colocou no rosto. Lá estava a boneca, rodopiando sob a luz de um poste a poucos metros de distância. Mais perto do que nunca. Kasey conseguia ver cada articulação, cada detalhe do rosto, do torso e do tutu da bailarina. Era linda e horrível ao mesmo tempo. Sem dúvida, estava se aproximando.

A garota arrancou os óculos e os guardou de novo. Sentou--se no meio-fio gelado, refletindo. Cada vez que via Ballora, a boneca estava um pouco mais perto. O que aconteceria quando a alcançasse? Será que pegaria Kasey?

Ela sentia como se estivesse aguardando uma punição. Só não sabia se seria rápida e certeira ou longa e torturante. Não queria descobrir.

Deve ter algum jeito de escapar, pensou. Ballora aparecera pela primeira vez em frente ao Mundo da Pizza da Circus Baby, onde os óculos tinham sido roubados. Desde então, seguira Kasey pela cidade. Talvez, pensou a garota, Ballora só pudesse segui-la na cidade onde o crime ocorrera. Se fosse embora, partisse para outro lugar, talvez conseguisse deixar a bailarina para trás.

Valia a pena tentar.

Kasey esperou Jack e A.J. caírem no sono e entrou pé ante pé no galpão. Em silêncio, enrolou o próprio saco de dormir e pegou a mochila com suas coisas. Do esconderijo no Covil dos Larápios Comuns, recolheu sua parte do dinheiro, deixando o resto para Jack e A.J. Afinal, ela jamais roubaria dos dois. Tinham sido como irmãos: irritantes às vezes, mas protetores, cada um do seu jeito.

Foi uma longa caminhada até a rodoviária. Ao chegar, Kasey conferiu o quadro de horários. O próximo ônibus partiria às seis da manhã, com destino a Memphis. Era para lá que a garota iria, então. Comprou uma passagem, que custou metade do seu dinheiro, e depois se acomodou num banco para tentar dormir por algumas horas. Acordou às quatro e meia, com a sensação de que alguém se aproximava. Agarrou a mochila para se proteger de ladrões como ela.

— Sinto muito, não queria acordar você — disse uma senhorinha de cabelo grisalho e pele marrom, um pouco mais escura do que a de Kasey.

Ela usava um vestido amarelo florido com um chapéu combinando, como se estivesse arrumada para ir à igreja.

— Sem problemas — falou Kasey. — Eu precisava acordar mesmo. Meu ônibus sai daqui a uma hora e meia.

— Para onde você está indo? — indagou a senhorinha, sentando-se ao seu lado.

Por um instante, a garota se perguntou se deveria contar. Porém, o tom da idosa era tão gentil que ela achou que não teria problema revelar seu destino.

— Memphis.

— Ah, então a viagem não vai ser muito longa — comentou a senhorinha. — Estou indo para Chicago visitar meu filho, minha nora e meus netinhos. Vai ser uma delícia depois que eu chegar lá, mas a viagem é longa. Você tem família em Memphis?

— Não, senhora — respondeu Kasey. — Só preciso de um novo começo.

Não podia contar à idosa que estava fugindo de uma bailarina holográfica que queria machucá-la. A velhinha se afastaria num piscar de olhos.

— Já conseguiu um emprego por lá? — perguntou a mulher.

— Não, mas vou arranjar alguma coisa — respondeu Kasey. — Eu sempre arranjo.

— Que bom — falou a idosa, dando um tapinha no braço dela. — Gosto de ver mocinhas assim como você, cheias de iniciativa.

Então pegou uma sacola de palha e começou a revirar todo o conteúdo.

— Está com fome, querida? Trouxe café da manhã, almoço e jantar para um batalhão. Jamais vou gastar com comida de rodoviária. É cara, ruim e ainda faz mal para a saúde.

Kasey estava com fome. E só se deu conta disso ao ouvir a pergunta.

— Um pouquinho. Mas não precisa dividir se não...

— Eu tenho mais do que o suficiente, filha.

Da bolsa, a senhora tirou uma garrafinha de suco de laranja, tão gelado que o recipiente estava cheio de gotinhas de condensação. Depois, entregou para Kasey algo embrulhado em papel-alumínio.

— Enroladinho de presunto. Você não é uma daquelas jovens que não come carne de porco, é?

— Não, senhora — respondeu Kasey. — Como qualquer coisa que botarem na minha frente. Obrigada.

A massa do enroladinho era caseira e macia, e o presunto tinha o equilíbrio perfeito entre salgado e doce. Era a melhor coisa que ela comia em muito tempo.

— Nossa, está uma delícia!

— Que bom que gostou. — A idosa deu outro tapinha no braço de Kasey, depois se levantou do banco com dificuldade.

— Melhor eu dar uma passada no toalete antes de embarcar. Esses banheiros de ônibus são muito desagradáveis. Gosto de fazer xixi numa privada que fica paradinha.

Kasey riu.

— Está bem, senhora.

Era a conversa mais agradável que ela se lembrava de ter tido nos últimos tempos.

A idosa fitou Kasey por um bom tempo, então aconselhou:

— Escute, sei que não é da minha conta, mas... Como nunca vou te ver de novo, acho que vale dar meu pitaco. Você, mocinha, parece estar fugindo de alguma coisa. Na minha experiência, quando a gente tenta fugir dos problemas, eles acabam indo atrás de nós. Entendeu?

A garota assentiu, sem conseguir olhar a senhorinha nos olhos.

— É melhor abrir portas do que fechá-las, querida — continuou a idosa. — Não se esqueça disso.

Então saiu andando devagar, e Kasey sentiu um arrepio ao pensar na possibilidade de ser perseguida por seus problemas... por Ballora. Desejou de todo o coração que a mulher estivesse errada.

A garota dormiu durante a maior parte do trajeto de ônibus, acordando de vez em quando para olhar a paisagem. Era a viagem mais longa que já fizera na vida, então queria apreciar a vista.

Conforme avançava, se sentia mais esperançosa. Dissera para a senhorinha que estava em busca de um novo começo, e talvez estivesse mesmo. Nada de roubar, nada de viver com medo, nada de ser perseguida por uma bailarina sinistra.

Kasey saiu da rodoviária e começou a andar sob o sol de Memphis. Logo encontrou uma pousada pintada em cores pastel que mais parecia uma espelunca. O lugar se chamava Hotel Melhor Pedida e anunciava quartos por trinta dólares a noite. A garota duvidava que se hospedar ali fosse mesmo a melhor pedida, mas não queria dormir na rua e tinha quarenta dólares no bolso.

Entrou na recepção escura e entregou uma nota de vinte e outra de dez para uma mulher abatida de avental e chinelos de pano.

Quando foi para o quarto, viu que as paredes eram cobertas de painéis velhos de madeira e o carpete tinha manchas deixadas por hóspedes descuidados ao longo de anos. Mas havia uma cama de casal, TV a cabo e um banheiro só para ela.

O primeiro passo de seu novo começo foi tomar uma bela chuveirada.

A garota deixou a água quente atingir sua nuca e seus ombros. Não conseguia se lembrar da última vez que havia lavado o cabelo. Ela usou o pequeno frasco de xampu oferecido pelo hotel para massagear as tranças e o couro cabeludo. Se ensaboou da cabeça aos pés e deixou jatos de água morna a enxaguarem. Era o paraíso. Kasey tentara manter cuidados de higiene básicos mesmo vivendo na rua, mas nenhum lencinho umedecido e pia de banheiro se comparava a um banho quente num chuveiro de verdade.

Depois de se secar, Kasey escovou os dentes e vestiu suas roupas mais limpas. Era hora de encontrar seu novo começo.

Andando pelas ruas de Memphis, ela passou por um estabelecimento chamado Café do Rei. Na vitrine, uma placa anunciava: ESTAMOS CONTRATANDO. A cafeteria não era nem um pouco majestosa, assim como a pousada não era a melhor pedida, mas ela precisava ser realista.

Não tinha um emprego de verdade desde a época do Frango Frito Famoso, onde roubara aquela nota de vinte dólares e começara sua vida no crime.

No Café do Rei, uma garçonete de cabelo descolorido que podia ter trinta e cinco ou sessenta e cinco anos disse:

— Fique à vontade, moça.

— Eu vim por causa da vaga de emprego — explicou Kasey.

A garçonete se virou e berrou:

— Jimmy!

Um homem de pele marrom e olhos cansados saiu da cozinha, enxugando as mãos num pano de prato. Seu avental tinha manchas de gordura de anos de uso.

— Oi — cumprimentou ele.

— Essa garota veio por causa da vaga — explicou a garçonete ao homem.

A julgar pelo tom, ela não achava Kasey uma candidata lá muito boa.

—Você já serviu mesas e lavou pratos antes? — perguntou o sujeito, que pelo visto se chamava Jimmy.

— Sim — respondeu Kasey.

Era mentira, mas aquelas tarefas não pareciam difíceis.

— Algumas bandejas ficam bem pesadas, cheias de travessas e pratos. Acha que consegue dar conta? — perguntou Jimmy. — Você é toda magricela...

— Eu sou pequena, mas forte.

Ele abriu um sorrisinho.

— Qual é seu nome?

— Kasey.

— E quando você pode começar, Kasey?

A entrevista de emprego não tinha sido muito exigente. Não perguntaram nem o seu sobrenome.

— Quando precisam que eu comece? — indagou a garota.

— Que tal agora? — sugeriu Jimmy.

Bom, não era como se Kasey estivesse ocupada. E seria ótimo começar a ganhar dinheiro naquele instante.

— Eu topo. Mas não preciso de treinamento?

Jimmy a encarou como se a pergunta não tivesse pé nem cabeça.

— Você vai limpar mesas. É só pegar os pratos e colocar na bandeja. Depois carregar a bandeja até a cozinha, lavar tudo com água quente na pia, colocar os itens no lava-louça e ligar. Quando estiver tudo limpo, você descarrega o lava-louça e guarda as coisas nas prateleiras. Entendeu?

— Sim, senhor.

— Ótimo. Esse foi seu treinamento. A gente paga um salário mínimo, em dinheiro vivo, sempre no fim da semana. O turno é das sete da manhã às duas da tarde, de segunda a sexta, com uma refeição gratuita por dia. Funciona para você?

— Sim, senhor.

O valor era baixo, mas ela estaria livre a partir das duas da tarde, e uma refeição todo dia seria de grande ajuda.

— Maravilha — falou Jimmy. — Então vai trabalhar.

O serviço não era tão ruim. Jimmy gritava bastante, mas nunca era pessoal. Kasey pagava semanalmente sua hospedagem no Hotel Melhor Pedida. Aproveitava a lavanderia, o chuveiro e a TV a cabo. A refeição de cortesia no trabalho a mantinha alimentada pela maior parte do dia. Além disso, Jimmy era um ótimo cozinheiro e vivia dizendo que a garota era magrinha demais. Graças a suas receitas especiais de bolo de carne e peru com molho, Kasey começara a ganhar um pouco de peso. O trabalho era fisicamente cansativo, mas sua mente ficava livre. Ela podia devanear sobre o que bem entendesse.

O único problema era Brenda, a garçonete que conhecera assim que entrara no estabelecimento e que não parecia gostar muito dela.

—Você se chama mesmo Kasey? — perguntou Brenda certo dia, enquanto a garota limpava uma das mesas.

Ela nem ergueu o olhar, só continuou colocando os pratos na bandeja.

— Sim.

— Fiquei curiosa porque você nem deu seu sobrenome para o Jimmy. Ele pode ser meio sem-noção, mas eu não.

—Ah, é? — falou Kasey, largando os talheres na bandeja com um clangor metálico.

—Você parece meio esquiva — acusou Brenda, encarando a garota com os olhos semicerrados. — Como se estivesse escondendo alguma coisa.

—Todo mundo está escondendo alguma coisa — comentou Kasey de maneira casual, pegando a bandeja pesada. — Nem que seja a calcinha furada embaixo da roupa.

Então, carregou a bandeja até a cozinha.

Seria impossível Brenda descobrir seu passado como ladra. Kasey não tinha ficha criminal, porque nunca fora pega. Ainda assim, a garota se sentia observada pela garçonete de um jeito incômodo.

Certa tarde, enquanto limpava mesas, viu duas notas de cinco dólares deixadas embaixo do saleiro, que a lembraram dos vinte dólares que roubara no Frango Frito Famoso.

Ela sentiu a mão coçar.

Brenda saíra para um intervalo de cinco minutos, e Kasey tinha certeza de que a colega não vira o dinheiro.

Num movimento ágil, embolsou uma das notas e deixou a outra ali.

Não é exatamente roubo, pensou a garota. Só estava dividindo a gorjeta entre a pessoa que servira o cliente e a que limpara a mesa depois. Inclusive, a parte de recolher os pratos era a mais difícil. Os clientes eram bagunceiros. Nada mais justo do que dividir a gorjeta.

Kasey prometeu a si mesma que não transformaria isso em hábito. E cumpriu a promessa. Quer dizer, só roubava quando Brenda estava no intervalo ou olhando para o outro lado, e nunca pegava o dinheiro todo. Quando alguém deixava três dólares, Kasey pegava um. Quando deixavam sete, Kasey ficava com dois. Não era muito, mas ajudava com pequenas despesas: lavar um cesto de roupa na lavanderia do hotel, comprar guloseimas e refrigerante para comer enquanto assistia à televisão.

Além disso, Brenda era sempre maldosa com ela. Pegar parte do dinheiro deixado para a garçonete era como um adicional de insalubridade.

Certo dia, Kasey sentiu uma fome incomum a caminho do trabalho. Ignorou as folhas de outono que rodopiavam no ar e manteve os óculos de papelão no bolso do casaco. Lembrou a si mesma que não devia estar pensando em Ballora, e sim em comida. Ela tinha uma refeição gratuita por dia e costumava escolher o almoço, mas considerou pedir o café da manhã daquela vez. Sim, decidiu que iria pedir o Menu Completo do Rei: três panquecas fofinhas, dois ovos preparados à preferência do freguês, bacon e batatas fritas. Chegaria um pouco adiantada, então teria tempo de comer antes que os primeiros clientes aparecessem.

No entanto, assim que entrou no restaurante, viu Jimmy e Brenda sentados numa mesa de canto, como se esperassem por ela. Não pareciam felizes.

— Kasey, ainda bem que você chegou mais cedo — disse Jimmy, fazendo um gesto para que se sentasse diante deles. — A gente precisa conversar.

Na experiência da garota, as palavras "a gente precisa conversar" nunca precediam nada de bom. Ninguém falava: "A gente precisa conversar. Que tal um aumento e um prato de biscoitos quentinhos?"

Com desânimo, Kasey se sentou diante deles.

Jimmy apoiou as mãos na mesa e explicou:

— A Brenda me disse que, desde que você começou a trabalhar aqui, ela anda recebendo muito menos gorjeta. Você tem alguma coisa a dizer sobre isso?

A fome de Kasey foi substituída pelo medo.

— Como vou saber quanto a Brenda ganha de gorjeta? — perguntou ela.

— Bom, os clientes deixam a gorjeta na mesa — replicou Jimmy —, e às vezes o dinheiro continua lá quando você vai recolher os pratos, então...

— Eu sei que você anda roubando minha grana! — interrompeu a garçonete, com o rosto vermelho de raiva. — Não toda a grana, só o tanto que você achou que eu não ia notar. Mas eu notei! Conheço meus clientes. Sei o que eles pedem e quanto dão de gorjeta.

Kasey se lembrou da regra número um do Covil dos Larápios Comuns: "Se alguém suspeitar de você ou te pegar no flagra, negue até a morte."

— Escuta, Brenda, sei que você não gostou de mim no instante em que entrei por aquela porta, e tudo bem. Não precisa gostar de mim. Mas isso não quer dizer que você tem direito de me acusar de coisas que não têm nada a ver comigo.

—Viu só? — Brenda cutucou Jimmy com o cotovelo. — Esquiva, como eu disse. Você não vai demitir ela?

Jimmy fechou os olhos e massageou as têmporas como se estivesse com dor de cabeça.

Ficou em silêncio por tanto tempo que Kasey enfim perguntou:

— E aí, Jimmy? Vai me demitir?

O homem abriu os olhos.

— Não, mas vou ficar de olho em você. Se o que a Brenda estiver falando for verdade, pode parar. Senão, vai ser demitida. Agora, pode começar o serviço.

— Sim, senhor.

— "Pode parar"? — perguntou Brenda. — Só isso?

—Vou ficar de olho nela — garantiu Jimmy, depois se virou para a porta. — Lá vêm os clientes da manhã. Melhor você começar a trabalhar também.

A caminho do hotel, Kasey passou por um gramado onde as folhas de outono rodopiavam em círculo. *Beleza*, falou para si mesma. Colocou os óculos de papelão. Lá estava Ballora, dançando mais perto do que nunca. Estava na cara que não tinha como se livrar dela.

Kasey começou a ficar tonta.

— Por quê?! — gritou a garota. — Por que você continua me seguindo?

Várias pessoas olharam para ela como se fosse doida. Será que era? Nem sabia mais.

Naquela noite, sonhou que estava sentada numa poltrona de veludo vermelho num teatro chique, com teto abobadado e decorado com ouro. A plateia estava vazia, exceto por Kasey. De repente, as luzes se apagaram e uma orquestra começou a tocar. Ballora surgiu no lado esquerdo do palco, iluminada por holofotes, dançando na ponta dos pés. Um estandarte de cetim roxo e dourado se desenrolou do teto, com a palavra MENTIROSA escrita em letras elegantes. Ballora levou as mãos às bochechas, como se estivesse assustada, depois ergueu os braços para dar uma longa pirueta. Saltitou até o lado direito do palco, onde outro estandarte se desenrolou, revelando a palavra LADRA. Ballora levou as mãos ao rosto outra vez e dançou até o centro do palco. Então, olhando diretamente para Kasey, apontou para a garota. Um estandarte com a palavra VOCÊ se desenrolou no centro do palco.

Ela acordou assustada, suando frio. Então se levantou, vestiu uma roupa e abriu as gavetas da cômoda. Guardou seus pertences na mochila, junto com a lata cheia de dinheiro que tinha juntado trabalhando no Café do Rei. Não podia voltar para lá. Estavam de olho nela. Deixou algumas notas na mesinha de cabeceira para cobrir o valor da estadia e partiu em direção à rodoviária.

O ar fresco a acalmou um pouco. Quando colocou as mãos nos bolsos, sentiu os óculos de papelão. Ela decidiu dar uma última olhada. Dessa vez, conseguiria deixar Ballora para trás. Com a mão trêmula, colocou os óculos.

A bailarina dançava a poucos metros de Kasey. A garota conseguia enxergar cada articulação, cada falha na pintura. Mais uns vinte passos e as duas estariam perto o bastante para se tocarem. Estremecendo, tirou os óculos.

Tá, entendi, pensou ela. *Isso não foi um novo começo. Roubei e depois menti. Mas, se eu conseguir ir para longe... para longe dela... prometo que vou recomeçar de verdade. Vou ser uma boa pessoa.*

O próximo ônibus sairia da rodoviária em direção a Nashville. *Nashville*, pensou Kasey. *Por que não? Nova cidade, novo emprego, novo começo. De verdade, desta vez.*

Assim que se acomodou no assento do ônibus, caiu num sono sem sonhos.

O quarto que Kasey alugou na Pousada Cidade da Música tinha painéis de madeira baratos nas paredes e carpete manchado que nem seu quarto em Memphis, mas custava cinco dólares a mais por noite. Deitada no colchão gasto, procurando vagas de emprego no jornal, a garota disse a si mesma que precisava viver em vez de sobreviver. Precisava de algo que lhe desse futuro. Precisava fazer amigos, economizar e conseguir um apartamento pequeno, como sonhara quando era criança. Talvez até pudesse voltar a estudar à noite e se formar. E adotar um cachorro. Ela queria um cachorro.

Passando os olhos pelo jornal, um dos anúncios chamou sua atenção:

NÃO REQUER EXPERIÊNCIA
POSSIBILIDADE DE PROMOÇÃO

Atender ligações no call center de uma grande varejista.
Necessário se comunicar bem.
Necessário conseguir trabalhar num ambiente
movimentado e frenético.
Remuneração inicial de doze dólares a hora, com bônus
por performance.
Entrevistas de segunda a sexta, das 9h às 14h.

Parecia melhor do que lavar pratos. Mas Kasey não tinha o que vestir para uma entrevista de emprego. Ela se lembrou de uma matéria que havia cursado no ensino médio: comunicação para negócios. O livro didático tinha um capítulo inteiro sobre como se vestir e se portar durante uma entrevista de emprego. Calça jeans rasgada e desbotada e tênis velhos remendados com fita isolante definitivamente não estavam na lista de trajes adequados.

A garota pegou a lata de café escondida na gaveta da cômoda, jogou todo o dinheiro em cima da cama e contou. Tinha 229 dólares e 76 centavos. Quando separou o que precisava para pagar pelo quarto e por alguns mantimentos, sobraram 44 dólares e 76 centavos. Com certeza daria para arranjar uma roupa com aquele valor.

Ela saiu da pousada em busca de uma loja. Suspeitava que as lojas de roupas chiques não ficavam naquela parte da cidade, que era cheia de pousadas baratas, casas de penhor e de agiotagem. Mas não queria gastar seu parco dinheirinho num ônibus até o shopping. Além disso, não conseguiria arcar com nada das melhores lojas.

Depois de uma hora de caminhada, quando seus pés já doíam dentro dos sapatos gastos, encontrou uma loja chamada Unique Moda. Na vitrine, manequins brancos, carecas e sem rosto usavam vestidos coloridos. Decerto um estabelecimento naquele bairro não seria muito caro.

Kasey abriu a porta e se sobressaltou quando uma sineta tocou. Ela passou por um espelho de corpo inteiro e viu seu reflexo: usava roupas velhas e largas e tinha uma expressão cansada que a fazia parecer mais velha. Aquela loja, com luzes brilhantes e araras cheias de vestidos, blusas e saias, não parecia ser para ela. Talvez devesse ir embora.

— Me avise se precisar de algo, querida — falou a mulher atrás do balcão.

Ela tinha mais ou menos a idade da mãe de Kasey e usava um vestido amarelo-canário, um cachecol reluzente e maquiagem impecável.

Kasey se perguntou se algum dia estaria tão arrumada quanto aquela mulher.

— Obrigada.

A garota vasculhou as araras, sem ter muita noção do que escolher para uma entrevista de emprego. Na verdade, não sabia nem qual tamanho vestia. Enfim, encontrou um vestido vermelho com flores cor de creme. A garota se lembrou que, uma vez, no ensino médio, um menino bonito dissera que vermelho era a cor dela. Kasey sabia que o vestido ia cair bem.

A vendedora, até então parada no caixa, surgiu ao seu lado como que num passe de mágica.

— Quer experimentar esse, meu bem?

A garota assentiu, então explicou:

— O problema é que faz tanto tempo que não uso vestido que nem sei meu tamanho.

A vendedora olhou para Kasey de cima a baixo.

— Você é bem magrinha... Eu diria que é tamanho quarenta. — A mulher sorriu. — Nossa, faz muito tempo que não entro num quarenta... Foi a uns três filhos atrás! Aposto que você ainda não teve bebê, né?

— Não, senhora, ainda não.

Segurando o vestido, Kasey tentou imaginar um futuro com trabalho fixo, um lar confortável, talvez um marido e filhos. Será que uma pessoa como ela podia contemplar uma vida daquelas? Era difícil até de imaginar.

— Os provadores ficam ali — indicou a vendedora. — Se precisar de alguma coisa, é só chamar.

— Obrigada.

Kasey se fechou numa das cabines e tirou os tênis, o casaco, a calça jeans e a camiseta. Enfiou o vestido e se olhou no espelho. A vendedora acertara: quarenta era mesmo seu número. Coube como uma luva, nem muito largo, nem muito apertado. Os tons de vermelho e creme combinavam com sua pele. Ela parecia respeitável. Uma pessoa comum indo a uma entrevista de emprego.

Só tinha esquecido um detalhe.

Parada diante do espelho, Kasey encarou os pés descalços. Com certeza não poderia ir para a entrevista assim, tampouco usar o vestido novo com os tênis remendados. Havia esquecido que precisaria de sapatos, que eram caros.

Um pouco desanimada, a garota tirou o vestido e botou as velhas roupas desgastadas. Saiu do provador com a peça.

Havia uma pequena seção de calçados no fundo da loja. Kasey foi ver quanto um par novo custava. Encontrou algumas sapatilhas marrons do tamanho dela em promoção, por 21 dólares e 97 centavos. No entanto, mesmo com a liquidação, não tinha dinheiro suficiente para comprar o vestido e o sapato.

Desesperada, a garota olhou ao redor. Não viu câmeras de segurança. A vendedora estava ocupada com outra cliente, uma senhora experimentando uma jaqueta rosa.

É a última vez, prometeu Kasey a si mesma. Só estava fazendo aquilo porque precisava ir à entrevista de emprego. Enrolou o vestido e o enfiou na mochila. Respirando fundo, pegou a caixa com as sapatilhas e foi para o balcão. Quando a vendedora voltou para atendê-la, perguntou:

— Desistiu do vestido?

—Vou levar só o sapato hoje — respondeu Kasey, entregando à mulher uma nota de vinte e outra de dez.

Pelo menos não estou roubando as sapatilhas, pensou Kasey. Não que a caixa de sapato coubesse na mochila.

A vendedora deu o troco, colocou o produto numa sacola e a entregou para a garota.

— Obrigada, querida. Volte sempre.

Assim que Kasey se aproximou da saída, um barulho horrível começou a ecoar pela loja. Seu estômago se revirou de medo. O vestido devia ter algum dispositivo antifurto que acionara o alarme. Ela tinha sido pega. Aquilo nunca acontecera antes.

— Espere só um segundo, meu bem — falou a vendedora. — Acho que não passei os sapatos direito.

Kasey estava prestes a sair correndo da loja, porém, lá fora, centenas de folhas rodopiavam. Ela não precisava colocar os óculos para ter certeza de que Ballora estava no centro do minitornado. Seu coração retumbava no peito.

Sabia que, se disparasse porta afora, com certeza daria de cara com a bailarina.

Tinha sido encurralada. De um jeito ou de outro, seria pega. Se continuasse na loja, ao menos sabia quais seriam as consequências. Caso se entregasse para Ballora, não tinha noção alguma do que poderia acontecer. Pensou nas unhas afiadas da bailarina. Em seus dentes.

O alarme soava tão alto que machucava os tímpanos de Kasey. Era impossível pensar direito.

— Algum problema, Helen? — indagou outra mulher bem-vestida, provavelmente a gerente, vinda dos fundos da loja.

Em segundos, ambas estavam ao lado de Kasey.

— Posso ver sua sacola rapidinho? — pediu a vendedora.

Kasey lhe entregou a compra, torcendo para que não notassem como ela tremia.

A vendedora mostrou o cupom fiscal para a gerente.

—Viu? Ela pagou.

A gerente encarava Kasey como se conseguisse enxergar cada delito cometido pela garota.

— Acho melhor conferir a mochila dela também — disse a gerente para a funcionária, então se virou para Kasey. — Senhorita, vamos precisar abrir sua mochila e dar uma olhada. Se estiver tudo certo, você poderá ir embora com nosso pedido de desculpas pela inconveniência.

Kasey olhou para a calçada. As folhas giravam mais perto e com mais intensidade, atingindo a vitrine.

Ela engoliu em seco. Não havia outra opção.

A garota abriu a mochila. O vestido vermelho enfiado lá dentro brilhava feito sangue.

— É o vestido que ela experimentou! — exclamou a atendente. Seu tom sugeria que o furto de Kasey tinha sido uma traição pessoal.

A gerente pegou a garota pelo braço e anunciou:

— Bom, não tem jeito. Vamos ter que chamar a polícia.

Kasey olhou para as folhas rodopiantes na rua, depois para a expressão severa das duas mulheres. Sentiu os olhos marejarem, o que era estranho. Não conseguia se lembrar da última vez que havia chorado. Naquele instante, porém, estava lamentando todas as coisas que perdera, todas as coisas ruins que fizera, todas as coisas boas que jamais teria a oportunidade de experimentar.

— Por favor, não chamem a polícia! — implorou Kasey, aos prantos. — Eu... Eu preciso do vestido e dos sapatos para uma entrevista de emprego, mas não tenho dinheiro para comprar as duas coisas.

— Então achou que roubar o vestido era uma boa ideia? — acusou a gerente, sem largar o braço de Kasey.

— Sei que foi errado — falou a garota, soluçando. — Mas foi a única saída que encontrei. Sinto muito.

De onde estavam vindo todas aquelas lágrimas? Ela parecia uma cachoeira.

— Eu tenho uma solução — disse alguém atrás delas.

Era a senhora que a vendedora ajudara pouco antes. Seu cabelo estava arrumado num penteado bonito, e ela vestia um conjunto social elegante cor de creme.

—Vou comprar o vestido para essa mocinha — informou a senhora.

— Sra. Templeton, não podemos permitir... — começou a gerente.

— Lógico que podem — interrompeu a sra. Templeton. — Eu gasto muito dinheiro aqui. Sou uma ótima cliente, e o cliente sempre tem razão. — Ela sorriu para as duas funcionárias.

— Certo?

— Certo — confirmou a gerente, um tanto relutante.

— Ótimo. — A sra. Templeton abriu a bolsa e pegou a carteira. — Então, não tem por que chamar a polícia, e a mocinha aqui vai poder ir à entrevista de emprego.

— E se não existir entrevista nenhuma? — indagou a gerente.

— E se ela estiver mentindo?

A sra. Templeton olhou para Kasey de cima a baixo.

— Bem, esse é um risco que estou disposta a correr. Mas acho que ela está falando a verdade. Parece uma pessoa honesta. Só está numa situação difícil e não pensou direito.

— Obrigada — agradeceu Kasey, com lágrimas escorrendo pelo rosto. —Vou devolver o dinheiro da senhora assim que puder.

— Bobagem! — retrucou a sra. Templeton, recusando a oferta com um gesto. — Só ajude outra pessoa que estiver precisando.

A garota saiu da loja, passando pelo meio do redemoinho de folhas. Ainda chorava conforme seguia pela calçada, atraindo olhares preocupados dos outros pedestres. Ela não conseguia explicar, mas sentia que estava mudando. Era como se algo dentro dela estivesse se abrindo e se suavizando.

Kasey parou no parque para descansar por alguns minutos. Estava exausta de tanto andar, de todo o estresse e medo. Ela se sentou num banco e, antes que percebesse o que estava fazendo, levou a mão ao bolso para pegar os óculos. Será que Ballora tinha ido embora depois de a senhorinha ajudá-la na loja?

Não. A bailarina continuava muito perto.

Ballora rodopiava diante de Kasey, a menos de um metro de distância. Parecia encarar a garota com seus olhos azuis enquanto girava sem parar, criando um redemoinho. A menina sentiu o vento atingir seu rosto. Se quisesse, conseguiria tocar a boneca.

— Por quê?! — gritou Kasey. — Por que não consigo me livrar de você?!

Ela enfiou os óculos no bolso e saiu correndo. Fugiu de Ballora, mesmo sabendo lá no fundo que a bailarina a seguiria. Correu até a pousada e fechou a porta do quarto, ofegante.

De súbito, as palavras da idosa na rodoviária lhe voltaram à mente: "Quando a gente tenta fugir dos problemas, eles acabam indo atrás de nós."

Kasey ouviu o som de algo arranhando o vidro da janela. Abriu a cortina, mas não viu nada. Então, colocou os óculos.

Ballora se pressionava contra o vidro. Seu rosto, bonito a distância, era aterrorizante de perto: tinha uma divisão no meio, uma boca vermelha escancarada e olhos brilhantes que penetravam a alma de Kasey. Suas unhas longas, pintadas de azul, raspavam o vidro, produzindo um guincho horrível.

— Está bem, Ballora — disse a garota, se afastando da janela.
— Por favor, só me deixe ir a essa entrevista de emprego. Depois, já sei o que preciso fazer.

A bailarina não disse nada, apenas continuou encarando a menina com seus olhos azuis cintilantes.

Kasey se sentou na cama e vasculhou a mochila até encontrar a carteira de motorista da mulher que roubara em frente ao Mundo da Pizza da Circus Baby.

Sarah Avery. Aquele era o nome no documento. Kasey se encontrava diante da residência de Sarah Avery, usando seu novo vestido vermelho e suas novas sapatilhas marrons. Era uma construção de um andar só no subúrbio, pouco refinada, mas muito melhor do que qualquer lugar em que Kasey já morara.

Não tinha sido fácil chegar até ali sem dinheiro para comprar uma passagem de ônibus. No fim das contas, Kasey encontrara um motorista de caminhão que estava indo naquela direção e topara lhe dar uma carona. Ela havia colocado os óculos de papelão durante o trajeto e visto o rosto de Ballora pressionado contra a janela do passageiro.

Parada na frente da casa, reunindo coragem para tocar a campainha, Kasey viu as folhas rodopiando ao seu redor. Não colocou os óculos, mas sentia Ballora às suas costas, as duas no olho do pequeno furacão. A bailarina estava a poucos centímetros de distância, à espreita caso Kasey desistisse.

A garota respirou fundo, andou até a porta e tocou a campainha. De repente, as folhas passaram voando por ela como se tivessem sido sugadas por um vácuo. Kasey foi tomada por uma sensação inédita de calma e paz.

Uma mulher baixa de cabelo castanho abriu a porta, usando calça de moletom e a camiseta de uma corrida beneficente.

— Pois não? — perguntou a dona da casa, parecendo bastante confusa.

— Oi — disse Kasey, a voz vacilando. — A senhora não me conhece. Isso vai parecer estranho, mas... lembra que, uns meses atrás, sua bolsa foi roubada em frente ao Mundo da Pizza da Circus Baby?

— Sim. Foi horrível. É impossível esquecer uma coisa dessas.

— Sarah franziu o cenho. — Você é da polícia?

Foi um chute tão errado que Kasey sem querer deixou escapar um sorriso.

— Não. Na verdade, sou a ladra que roubou sua bolsa. Ex-ladra, no caso.

A mulher ficou boquiaberta.

— Você?! Mas você parece tão gente boa... Aliás, por que veio aqui?

— Porque queria te entregar isso. — Kasey tirou a carteira de Sarah da mochila. — Imagino que já tenha tirado a segunda via da sua habilitação a essa altura, mas a antiga está aqui. Também coloquei vinte dólares, a primeira parcela do pagamento para cobrir o que roubei de você. Arrumei um emprego, começo na segunda. Vou te mandar mais dinheiro depois que receber meu primeiro salário.

Sarah pegou a carteira.

— Isso é maravilhoso. O que te fez tomar essa decisão?

Kasey pensou em Ballora rodopiando em sua direção.

— Alguém me deu um susto e resolvi fazer a coisa certa. Eu mudei. Quer dizer, ainda estou mudando. E gostaria de pedir perdão.

— Lógico que perdoo você — disse Sarah. — Pouquíssimas pessoas admitem os próprios erros. É um alívio ouvir um pedido de desculpas sincero. Você está cem por cento perdoada. Aliás, eu estava preparando um chá agorinha. Quer entrar e tomar uma xícara?

— Eu? — indagou Kasey, apesar de não ter mais ninguém ali. —Você não tem medo de eu roubar sua casa?

— Para ser sincera, não. Pode entrar.

Sarah segurou a porta para a garota passar. Kasey entrou na casa alegre e iluminada e foi recebida por um grande cachorro marrom abanando o rabo.

A menininha estava sentada à mesa da cozinha, desenhando com giz de cera. Ela olhou primeiro para Kasey, depois para a mãe, e perguntou:

— Mamãe, a gente conhece essa moça?

— Não, amorzinho, mas vamos conhecer já, já — respondeu Sarah, colocando água quente em duas canecas.

Kasey sorriu. De certa forma, sentia que estava começando a conhecer a si mesma também.

— Meu nome é Kasey — disse ela.

— O meu é Isabella — respondeu a criança.

Ela tinha grandes olhos azuis, que eram brilhantes e vivos… não vazios como os de Ballora.

— Isabella, acho que estou com uma coisa sua — explicou Kasey.

— O que é? — perguntou a menina, saltando da cadeira.

Kasey tirou os óculos de papelão da mochila e os entregou para Isabella.

Os olhos da menina se arregalaram.

— É meu óclus da Ballora! Meu óclus da Ballora que foi roubado, mamãe!

Sarah pousou as duas canecas de chá e um copo de suco na mesa.

— O certo é "meus óculos", não "meu óclus", mas você tem razão. Agradeça a Kasey por devolvê-los para você.

— Obrigada por devolver meus óculos, Kasey — falou Isabella, sorrindo e mostrando as janelinhas entre os dentes.

A garota retribuiu o sorriso.

— Não tem de quê.

Kasey sabia que não precisava mais dos óculos. Além disso, eles pertenciam a Isabella.

Assim que criança os colocou, soltou um gritinho de surpresa e exclamou:

— Olha lá ela!

Isabella ficou imóvel por um instante, fascinada, com a boca escancarada. Então, começou a rodopiar.

VOLTANDO PARA CASA

Susie ouviu o cascalho estalando sob os pneus enquanto sua mãe manobrava a velha minivan ao lado de Oliver, o enorme carvalho que ficava no quintal de casa. Ela que tinha escolhido o nome. Sua irmã, Samantha, achava que batizar árvores era idiotice. Os pais haviam dito que não era comum, mas que Susie poderia batizá-lo se quisesse. Então, ela o fez.

Oliver era muito, muito grande. O pai de Susie dizia que era mais antigo do que a casa, que já era *bem* velha. Mais de cento e cinquenta anos antes, quando a tetravó de Susie nascera naquela casa, o carvalho já estava lá.

— Assim que a gente guardar as compras, vou começar a preparar o jantar — disse sua mãe, devagar, com pausas esquisitas entre algumas palavras.

Susie tinha a impressão de que alguém tentava impedi-la de falar, e que a mãe se esforçava muito para falar mesmo assim.

A menina imaginava as vozes como cores. A da mãe, que costumava ser um laranja vibrante, se tornara um marrom sem graça. Fazia um bom tempo que estava com aquela tonalidade. Susie sentia saudades da voz antiga.

— Que tal macarrão? Espaguete? — perguntou a mãe, com a mesma voz estranha.

Susie não respondeu porque não ligava para o que comeriam no jantar, e sabia que *Samantha* responderia. A irmã tinha opiniões sobre tudo, gostava de mandar nas coisas.

— Prefiro macarrão parafuso — opinou Samantha.

Susie abriu um sorrisinho. *Viu?*

A voz da irmã também mudara de cor. Nunca havia sido muito vibrante: antes era azul-clara, depois passara para cinza.

Susie encostou o nariz na janela da minivan para ver Oliver melhor. Franziu o cenho ao perceber que a árvore parecia mais triste do que o normal para aquela época do ano. Espalhadas ao redor do tronco grosso e cheio de nós, folhas amarelas e vermelhas esvoaçavam sobre as raízes expostas, ao sabor da brisa da tarde. Mais da metade dos galhos de Oliver estava vazia, inclusive o ramo grosso onde ficava pendurado o balanço de pneu de Susie. O resto da árvore ostentava folhas das mesmas cores que as espalhadas pelo chão.

Oliver sempre perdia todas as folhas no outono. Três anos antes — quando a menina tinha quatro anos e a irmã, três —, Susie ficara muito chateada ao ver as folhas caindo e dissera para a mãe que a árvore estava chorando. E, se estava chorando, significava que estava triste, e já que tinha sentimentos, precisava de um nome. Então, batizara o carvalho de Oliver. Embora fosse um ano mais nova do que Susie, Samantha dissera que dar nome a árvores era "frívolo", uma palavra que aprendera com Jeanie, a madrinha das meninas. Samantha gostava de aprender palavras novas. Gostava de *aprender*, ponto-final. Não se interessava pelas coisas frívolas que agradavam a irmã.

A mãe das duas explicara que Oliver não estava chorando quando perdia as folhas, estava só se preparando para o inverno. Precisava se despedir das folhas para conseguir alimentar o tronco durante os meses mais frios. Depois, folhas novas cresceriam.

"Ele se despede delas para depois renascer", concluíra a mãe. "Todo mundo precisa fazer isso às vezes."

Susie meio que entendera, mas ainda achava que Oliver estava triste. A única coisa que gostava nas folhas caídas eram as cores bonitas: dourado e vermelho-vivo.

Enquanto a minivan dava a volta na casa, Susie se virou para continuar observando Oliver. As folhas pareciam diferentes naquele ano. Mais desbotadas e secas.

Será que era por causa dos duendes que viviam no tronco? Susie sorriu. Sabia que não havia duendes morando dentro de Oliver, só estava sendo bobinha. Mas às vezes dizia aquilo para a irmã, só para provocá-la.

Assim que a minivan parou diante dos degraus à esquerda da varanda que dava a volta na casa, Samantha desafivelou o cinto de segurança e abriu a porta. A irmã estava sempre com pressa.

A mãe não se moveu, mesmo depois de desligar o carro. Susie notou que ela fazia isso com frequência. Parecia meio emperrada, como um brinquedo sem corda. Parava no meio de uma atividade e ficava encarando o nada. Isso assustava Susie, porque não sabia se a mãe continuava *ali*. A sensação era de que deixava o corpo para trás, como um marcador de página guardando sua posição no mundo real enquanto os pensamentos a levavam para outro lugar.

O motor da minivan engasgou algumas vezes antes de se silenciar. Susie sentia o cheiro de cebola vindo de uma das sacolas de mercado no porta-malas. Também sentia cheiro de alguma outra coisa. Não, na verdade, não era bem um cheiro... Não era o olfato que indicava que havia algo no ar. Talvez fossem seus outros sentidos? Quais?

Jeanie dizia que Susie era especial, que tinha uma habilidade única. Era "sensitiva", segundo a madrinha. Susie não fazia ideia do que isso significava, mas gostava da palavra. Jeanie explicara que era por isso que Susie conseguia sentir coisas que outras pessoas não sentiam. Naquele momento, a menina intuía que havia algo errado. Era como um fedor, um cheiro de... podridão? Mofo? Não sabia ao certo.

A menina estava prestes a dizer algo para fazer a mãe desempacar quando notou Samantha parada ao lado da minivan, olhando para Susie através da janela. Estava com aquela expressão que exibia com frequência ultimamente. Era parte raiva, parte tristeza e parte medo. Susie não compreendia. A mãe enfim se moveu. Suspirando, balançou a cabeça e tirou a chave da ignição. Pegou a bolsa e abriu a porta.

— A gente precisa levar as compras para dentro — avisou a mãe. — Pode ser que chova.

Através do para-brisa, Susie olhou para as nuvens cinzentas acima do telhado verde da casa. Estavam pesadas e escuras.

O casarão era muito espaçoso, então cada irmã tinha um quarto. Mas Susie preferia passar o tempo no quarto de Samantha. Achava que a irmã não curtia muito a ideia — mas, mesmo que fosse mandona, Samantha não era malvada. As duas tentavam fazer as pessoas felizes. Então, como Susie gostava de brincar no quarto de Samantha, a irmã deixava.

No entanto, a caçula não era boa em compartilhar suas coisas. Brinquedos, por exemplo. Insistia que cada uma brincasse com os próprios pertences.

Susie queria que as duas fizessem coisas juntas, não só uma ao lado da outra. Certo Natal, ganhara um conjunto de utensílios de cozinha, cheio de comidinhas, panelas de plástico e um avental cor-de-rosa. Quando convidara a irmã para brincar de restaurante, Samantha se recusara e brincara apenas com os próprios blocos de construção. Mesmo quando ambas brincavam de boneca, Samantha fazia questão de mantê-las separadas.

Como naquele momento.

Susie estava sentada no tapete felpudo ao lado da enorme cama de Samantha. O tom de azul do tapete combinava com as cortinas finas da janela, que dava vista para Oliver. Susie olhou de soslaio para o carvalho, que tinha deixado mais algumas folhas caírem. As que restavam pareciam murchas na luz fraca do fim de tarde.

Suas bonecas estavam agrupadas em blocos de construção dispostos em um semicírculo. Formavam um coral, e a menina regeria a apresentação. Mas, antes, precisava garantir que todas estivessem no lugar certo. Moveu as bonecas de um lado para o outro, decidindo quem cantaria qual parte da música, cantarolando durante o processo. Normalmente, não cantarolava; quem fazia isso era a mãe, mas fazia tempo que Susie não a ouvia.

Do outro lado do tapete, Samantha dispusera as próprias bonecas diante de caixas. Ela dizia que eram "escrivaninhas". Susie não sabia se as bonecas da irmã estavam na escola ou trabalhando. De qualquer forma, era evidente que as bonecas de Samantha não estavam se divertindo tanto quanto as dela. Será que a irmã também percebia? Talvez fosse por isso que não parasse de olhar para as bonecas e blocos de construção de Susie.

A menina cruzou as pernas e olhou ao redor. O quarto de Samantha era muito arrumado, com caixas organizadoras de tecido azul-claro acomodadas em prateleiras brancas, uma grande escrivaninha branca com uma luminária de metal brilhante, uma cama de estrutura metálica coberta por uma colcha xadrez azul e branca, duas mesas de cabeceira alvas com pequenos abajures azuis e o banco embaixo da janela coberto por um fino estofado da mesma cor. Já o quarto de Susie, que era conectado ao da irmã por uma porta, era repleto de cores e caos. Também tinha um assento diante da janela: de estofado grosso e empelotado, revestido de veludo roxo. Em cima, havia uma pilha de almofadas floridas. As prateleiras roxas não tinham caixas organizadoras de tecido, porque Susie as odiava. Gostava de ver os brinquedos, livros e bichos de pelúcia porque a deixavam feliz. Largava todos nas prateleiras, como se estivessem dando uma festa de arromba.

Samantha olhou de novo para as bonecas de Susie. Apertou os lábios com tanta força que a pele ao redor da boca se franziu. A expressão fazia a menina parecer um pequinês raivoso. O vizinho delas tinha um cachorro dessa raça. Quando Susie o vira pela primeira vez, havia caído na gargalhada ao se lembrar de Samantha.

Às vezes, Susie se perguntava se também parecia um cachorro. Achava que não. As irmãs tinham cabelo castanho-claro e praticamente os mesmos olhos, mas essas características não causavam o mesmo efeito em ambas. Enquanto as madeixas de Susie emolduravam seu rosto, as de Samantha viviam presas num rabo de cavalo apertado. Susie parecia ousada e travessa, já Samantha tinha a aparência de uma boa menina. Os olhos castanhos de Susie viviam arregalados, fazendo-a parecer ávida, enquanto Samantha os semicerrava com frequência, numa expressão cautelosa. Susie tinha nariz e boca pequenos e costumava ouvir que era fofa. Os de Samantha eram maiores, herdados do pai, e certa vez Susie ouvira o avô falar: "Samantha vai crescer e virar um mulherão."

A irmã olhou de novo para as bonecas de Susie, antes de reacomodar as próprias diante de suas "escrivaninhas". Coitadas.

Quando Samantha terminasse de brincar, elas voltariam para as caixas.

— Suas bonecas não querem cantar no meu coral? — perguntou Susie.

Samantha não respondeu.

Susie bufou e franziu o nariz. O ar cheirava a molho de tomate e pão de alho. O outro cheiro perdurava também, e ela não sabia direito o que era.

Tudo bem, então. Ela não precisava das bonecas de Samantha para ter um bom coral. Após os ajustes finais, Susie pegou uma régua e bateu no bloco que tinha posicionado diante das bonecas. Depois, começou a agitar a régua de um lado para o outro, como via os maestros fazendo.

Antes que tivesse completado três movimentos de regência, Samantha se levantou de repente e deu um chute nas bonecas de Susie, derrubando-as dos blocos. Em seguida, chutou os blocos também. Tudo rolou pelo tapete felpudo e se espalhou pelo assoalho de madeira escura. Susie fez uma careta. Precisaria montar um hospital com os blocos para curar as bonecas.

Samantha fulminou a irmã com o olhar antes de sair correndo do quarto. Susie pensou em falar alguma coisa, mas brigar com Samantha nunca levava a nada. Ela já tinha aprendido que era melhor ficar quieta e esperar a poeira baixar.

Ainda assim...

A mãe delas apareceu à porta. Era alta, magra e tinha o cabelo castanho-escuro. Antigamente, parecia uma modelo. Susie se lembrava de quando seu cabelo era brilhante e cheio de movimento, os olhos grandes eram adornados com longos cílios postiços e a boca, pintada com um batom vermelho provocante.

No entanto, a mãe não usava mais maquiagem, e parecia sempre cansada. Vestindo uma calça jeans desbotada e uma camiseta azul amarrotada, ela olhou para os brinquedos espalhados pelo tapete.

Susie se levantou e foi até ela, chamando:

— Mãe?

A mulher continuou olhando para os brinquedos.

— Tudo bem? — perguntou a menina.

Os olhos de sua mãe marejaram. Susie sentiu um aperto no peito e falou:

— Estou com a sensação de que tem alguma coisa errada. Alguma coisa ruim aconteceu, mas não sei o quê.

Susie queria que a mãe dissesse que estava tudo bem, mas ela só cobriu a boca com as mãos e deixou as lágrimas escorrerem. Susie soube que a mãe não responderia. Não gostava de falar quando estava chorando. E as próprias lágrimas já eram uma resposta.

Em geral, depois do jantar, a mãe subia para o terceiro andar e trabalhava. Era uma artista têxtil e tinha um ateliê lá em cima. Fazia colchas modernas e mantas tricotadas que, em vez de colocar na cama, as pessoas penduravam nas paredes. Susie achava isso esquisito. Mas a mãe adorava confeccioná-las e dizia que as roupas de cama bonitas "pagavam as contas".

O que era ótimo, já que o pai das meninas não estava mais ali. Ele tinha ido embora, e Susie não entendia o porquê. Será que era essa a coisa ruim que estava sentindo?

A menina abraçou as pernas, levando os joelhos ao queixo. Não. Suspeitava que era alguma outra coisa.

Considerou se devia abraçar a mãe. Melhor não, sua mãe não gostava de ser abraçada quando estava chorando. Então

Susie continuou parada ali, esperando que ela se acalmasse para conseguirem conversar. Mas a mãe não parou de chorar. Apenas se afastou do batente e seguiu pelo corredor silencioso.

Samantha estava no quintal, vagando e soprando bolhas de sabão. Qualquer um que a visse pensaria que ela estava brincando, mas Susie sabia que a irmã não soprava bolhas por diversão. Fazia isso para estudar as correntes de ar. Susie já nem pedia mais para brincar com ela. Samantha sempre negava, alegando que estragaria sua "pesquisa".

Mas Susie queria ficar perto da irmã, então foi até Oliver, deu um tapinha na casca grossa e úmida do tronco e se abaixou, passando o corpo por dentro do balanço de pneu, já todo desbotado. Com um pequeno impulso, começou a balançar, jogando a cabeça para trás a fim de fitar o céu cinzento, enquanto girava num círculo preguiçoso.

O ar do fim de tarde estava frio, mas não muito, e tinha aquele cheirinho de outono que Susie já ouvira as pessoas descreverem como "fresco". Não sabia como era um cheiro "fresco". Para ela, o ar do outono possuía um odor amargo e ao mesmo tempo almiscarado. E o ar de outono ao redor da sua casa ainda incluía aquele outro cheiro desagradável.

Susie fechou os olhos e impulsionou outro rodopio. Conseguia ouvir Samantha perambulando pelo quintal, as folhas secas de Oliver farfalhando sob seus pés.

Foi quando Susie começou a ouvir vozes. Abriu os olhos e se virou na direção da calçada.

Muito tempo antes, aquela tinha sido uma casa de fazenda, instalada no meio de vários alqueires de terra. Conforme os anos avançaram e suas ancestrais passaram de meninas a velhinhas, a família fora forçada a vender partes do terreno — pelo menos, era a história que a mãe contava. Por fim, a avó da menina vendera a última porção do terreno para alguém chamado "incorporadora", que por sua vez construíra um grande empreendimento ao redor da casa. A aparência dos novos imóveis era similar à da velha casa de fazenda. A mãe chamava aquele tipo de arquitetura de "vitoriana". Mas as casas novas não tinham a personalidade da construção mais antiga. Eram pintadas em cores sóbrias, como cinza, bege e creme. A casa de Susie era repleta de cores divertidas. Era principalmente amarela, mas as molduras das portas e janelas — bem numerosas — eram roxas, azuis, rosa, laranja e brancas. Sua mãe costumava dizer que parecia a casa da bruxa de João e Maria. Susie discordava, porque não era feita de doce... mas bem que ela queria que fosse. A menina achava que o casarão estava sempre vestido para sair e se divertir, enquanto as outras construções da vizinhança usavam roupas de trabalho o tempo todo.

A calçada diante dos imóveis novos era ampla, e mais próxima da casa delas do que a mãe gostaria que fosse. Susie, por sua vez, não ligava. Gostava de ver as pessoas passando, especialmente quando estava no balanço de pneu. Uma cerca viva imensa margeava o quintal e bloqueava a vista da parte de baixo do tronco de Oliver e do balanço. Susie gostava de ficar ali e bancar a "espiã", observando as pessoas através da cerca viva sem que elas soubessem.

O grupo que se aproximava era formado por cinco crianças. Susie tinha quase certeza de que estavam na turma de Samantha. Três meninas empurravam bicicletas. Um garoto alto andava de skate e um menorzinho tinha um patinete motorizado. Ele parecia não saber usar o brinquedo muito bem.

—Vai logo, Drew — disparou uma das meninas para o garoto menor, de cabelo loiro todo arrepiado.

— É — concordou outra menina. Ambas tinham cabelo escuro e estavam de calça jeans e moletom azul. — Este lugar é meio sinistro.

Susie diminuiu a velocidade do balanço e ficou prestando atenção no que as crianças diziam. Sinistro? Será que também sentiam aquela coisa estranha que Susie não sabia explicar?

— Ei, Cientista! — gritou a terceira menina.

Ela era ruiva, e seu casaco de couro aberto revelava uma camiseta rosa-clara por baixo.

Susie sabia que "Cientista" era o apelido da irmã e que, mesmo sem ser dito num tom sarcástico, era um insulto. Desde o começo do ensino fundamental, os colegas zombavam de Samantha por ser séria demais. Susie odiava isso. Na primeira ocasião, saíra em defesa da irmã.

"Qual é o problema de ser inteligente?", gritara para as crianças pentelhas. "Vocês só estão com inveja porque ela é mais esperta do que vocês!"

Susie pensara que a irmã agradeceria o apoio, mas só ficara chateada.

"Não preciso que você cuide de mim", falara Samantha. "Eu sei me virar sozinha. Preciso caminhar com minhas próprias pernas."

Susie sabia que a irmã tinha aprendido aquela expressão com a avó, mas não discutiu... e nunca mais tentou impedir outras crianças de a provocarem.

Então nem abriu a boca quando uma das meninas na calçada gritou:

— Sua esquisita!

— *Vem logo*, Drew — falou o menino de skate para o que estava no patinete elétrico.

— Odeio passar por esta casa — comentou a menina de jaqueta de couro.

— Eu também — concordou a outra, estremecendo.

— Eu brincava com elas no jardim de infância — disse a terceira menina, apontando para Samantha. — Aquela sempre foi toda séria, mas antes conversava, pelo menos. Agora, é como se... — A garota deu de ombros. — Sei lá.

O grupo já havia passado pela casa, mas Susie se virou para continuar espiando e ouvindo o papo.

— Dá para entender — falou o menorzinho.

— Só vem logo, Drew — repetiu a menina de jaqueta de couro. — Vamos embora daqui, pode ser?

A noite caiu sobre a casa de repente, como se alguém no céu tivesse jogado uma manta preta cobrindo tudo. As irmãs se prepararam para dormir, como de costume. E, como sempre, Samantha não reclamou quando Susie se deitou junto com ela na cama. Sabia que a irmã odiava dormir sozinha.

Mas Samantha sempre dormia de costas para Susie, o mais longe possível, especialmente nos últimos tempos. Susie ficava virada para a janela, cuja persiana nunca era fechada. A mãe insistia que a casa ficasse tão iluminada quanto possível, fosse pela luz do sol ou da lua. Susie gostava de ver o luar dar vida às coisas no quarto. O brilho etéreo projetava sombras nas caixas organizadoras de Samantha, fazendo com que parecessem grandes bocas tentando engolir a lua. Também gostava de observar as estrelas e nomeá-las.

Naquela noite, estavam todas escondidas, e apenas um suave cintilar da lua minguante conseguia passar pelas nuvens. A única luz baça que banhava o cômodo vinha das lâmpadas acima das portas da frente e dos fundos da casa.

Além disso, estava frio, o que incomodava mais Samantha do que Susie. As irmãs estavam deitadas embaixo de duas cobertas grossas e macias. Susie as jogou para o lado, descobrindo o rosto.

— Está acordada? — sussurrou Susie para a irmã.

Samantha não respondeu, o que era normal. Ela não gostava de falar à noite.

Isso, porém, não impediu Susie de continuar:

— Estou com uma sensação esquisita, como se tivesse algo errado — murmurou ela, sem esperar uma resposta. — O mundo está com um cheiro estranho.

Torcendo a boca, a menina tentou descrever o odor:

— Me lembra um pouco quando a gente deixa a comida guardada tempo demais na geladeira e a mamãe pede para jogar tudo no lixo. Aí a gente precisa prender a respiração, assim. — Ela apertou o nariz, deixando sua vozinha engraçada, e riu.

Samantha continuou em silêncio. Não achava as vozes engraçadinhas de Susie tão engraçadas assim. Talvez estivesse mesmo dormindo. Susie ficou imóvel, para que os lençóis azuis e lisinhos de Samantha não fizessem barulho quando ela se mexesse. Focou na respiração da irmã. Era profunda e regular.

Susie encolheu as pernas e aninhou ainda mais a cabeça no travesseiro.

— E as folhas do Oliver não estão da cor certa. Deviam estar mais vibrantes.

Samantha continuou inspirando e expirando.

— E a mamãe anda meio esquisita, sabe?

De novo, a irmã não respondeu.

Susie suspirou. Fechou os olhos e tentou pegar no sono.

Tum.

Susie abriu os olhos de repente.

Tinha caído no sono? Será que tinha sonhado com aquele baque abafado?

Continuou deitada ali, imóvel, só ouvindo.

Tum... Tum... Tum...

Não, ela não tinha sonhado. Alguém — ou alguma coisa — estava dando a volta na varanda. Pareciam pés grandes batendo nas tábuas.

A menina ergueu o tronco, agarrando os lençóis lisinhos e as cobertas macias e brancas da irmã. Tombou a cabeça de lado para ouvir com atenção. Foi quando percebeu os ruídos mais baixos entre os baques.

Tum... Tap... Tum... Tap... Tum...

Susie não se moveu, mas Samantha se ergueu de supetão. Foi até a beirada do colchão, mas não se levantou. Ficou ali, esperando, com as costas eretas.

—Você também ouviu? — sussurrou Susie.

Samantha não respondeu, então Susie decidiu tomar uma atitude. Forçou-se a afastar as cobertas e saiu da cama. Ignorou o ar frio que atingiu seus tornozelos e saiu do quarto, pé ante pé. Depois, desceu a escada que levava à cozinha.

A menina parou ao lado da ilha com o fogão e encarou a luz pálida e amarelada que entrava pela janela. Vinha da lâmpada na varanda, logo acima da porta dos fundos.

O relógio digital no fogão emitia um brilho vermelho pelo cômodo escuro: eram dez para a meia-noite. A geladeira zumbia baixinho. A torneira pingava. Fazia tempo que a pia estava com aquele problema... Susie sabia que caía uma gota a cada dez segundos.

Esperou o tempo entre dois pingos enquanto prestava atenção à sequência de *tums* e *taps* vinda da varanda. Quando os sons ficaram mais baixos, Susie concluiu que o que quer que fosse responsável pelo barulho já estava do lado oposto da casa.

A menina avançou, respirou fundo e abriu a porta dos fundos.

No mesmo instante, Samantha estendeu o braço por cima do ombro de Susie e bateu a porta.

Susie se virou.

A irmã estava com os olhos arregalados e os lábios comprimidos. Pela primeira vez desde que dera boa-noite para a mãe, Samantha falou:

— Não tem nada lá fora. Volte para a cama.

E, com isso, marchou para fora da cozinha, deixando bem claro que Susie devia fazer o mesmo.

• • •

A voz de Jeanie era tão carinhosa e firme que, mesmo quando vinha do telefone, parecia que ela estava presente.

—Você é muito mais do que mãe da Susie, Patricia — disse Jeanie.

Patricia segurava o telefone com uma das mãos enquanto escovava o cabelo com a outra. Estava sentada na beira da cama *king-size*, que era grande demais para ela dormir sozinha, mas que havia sido muito pequena para ela e o marido. Era por isso que ele tinha ido embora: para que os dois parassem de invadir o espaço um do outro. No entanto, Patricia nunca entendera a razão de precisarem de todo aquele espaço.

— E muito mais do que mãe da Samantha — continuou Jeanie. —Você é você, e vai se encontrar de novo. Com o tempo.

Patricia suspirou, então disse:

— A Samantha não fala comigo. Só quando é para me mandar fazer alguma coisa.

Jeanie riu.

— Ela já é uma mulher com personalidade forte.

Patricia não sabia se ria ou chorava. A ideia de uma garota de oito anos ser uma mulher de personalidade forte era risível, mas ver a própria filha forçada a virar uma mulher em miniatura não era nem um pouco engraçado.

—Vai melhorar — garantiu Jeanie. — Sempre melhora.

Patricia assentiu, mesmo que Jeanie não a pudesse ver pelo telefone. A amiga saberia qual foi sua reação.

As duas eram próximas desde que tinham a idade de Samantha. Passaram juntas pela escola, pela faculdade e pela pós-graduação — ambas haviam estudado artes. Jeanie era madrinha tanto do casamento de Patricia com Hayden quanto das duas filhas do casal. Era como uma irmã que Patricia nunca tivera.

— Não sei se estou fazendo as coisas do jeito certo — confessou Patricia.

— Não existe jeito certo — rebateu Jeanie.

Por algum motivo, aquilo tornava tudo ainda mais difícil.

— Eu queria... — começou Patricia, então hesitou.

Que barulho era aquele?

Será que tinha vindo de dentro ou de fora da casa?

— Alô? Ainda está aí? — perguntou Jeanie.

Patricia ficou em silêncio, tentando ouvir.

— Patricia? — insistiu a amiga.

Por fim, ela só balançou a cabeça. Estava ouvindo coisas. Suspirou.

— Sim, estou aqui.

Susie tinha seguido a irmã de volta até a cama, mas depois resolvera se esgueirar pela casa. Parou por alguns segundos à porta do quarto da mãe. Devia estar numa ligação com Jeanie. As duas conversavam praticamente todos os dias, em pessoa ou pelo telefone. Quando Jeanie estava na cidade, dava um pulo na casa delas, mas costumava viajar muito a trabalho. Ela comprava obras de arte para as pessoas. Susie achava que devia ser um trabalho muito divertido.

A menina avançou devagarinho pelo corredor, torcendo para ouvir a risada da mãe... mas o som nunca veio.

Em vez disso, ouviu o barulho de passos outra vez. *Tum... Tap... Tum... Tap.*

Susie aprumou os ombros e se virou na direção da escada.

Descendo devagar, com uma pausa em cada degrau, a menina olhou por cima do corrimão de carvalho polido, através da janela que dava para a frente da casa. Cortinas finas borravam os contornos da balaustrada da varanda e, mais ao longe, do tronco de Oliver. A árvore parecia um vigilante incansável no meio do quintal.

Mas o tecido fino não era suficiente para encobrir a silhueta que Susie viu passar diante das janelas que davam para a varanda. Era algo grande demais para esconder. As cortinas apenas distorciam e disfarçavam o que quer que fosse.

O vulto se movia devagar, de forma deliberada, cambaleando em sincronia com o som dos passos: *Tum... Tap... Tum... Tap...* Enquanto avançava, girava a cabeça de um lado para o outro. A cada conjunto de passadas, Susie conseguia ver o reflexo de olhos aguçados tentando enxergar o interior da casa. Cada vez que os olhos se viravam para ela, a menina congelava como uma estátua, desejando poder desaparecer.

Mesmo sentindo vontade de se refugiar, Susie não voltou para a cama. Não podia voltar. Sabia disso.

Então continuou a descer a escada, avançando um degrau a cada seis passos que ouvia na varanda. Quando chegou ao térreo, o vulto estava passando pela última das janelas altas do lado esquerdo da casa. Na ponta dos pés, Susie o seguiu.

Esgueirando-se para dentro do que costumava ser o escritório do pai, ela viu a silhueta rumar para o lado da casa onde ficava a cozinha. Hesitando apenas um instante no cômodo vazio repleto de prateleiras empoeiradas, Susie se afastou do batente e seguiu até a cozinha pela segunda vez naquela noite.

Ela se agachou atrás da ilha enquanto o vulto passava sob a luz amarelada da lâmpada. Depois de vê-lo passar, retornando à parte da frente da casa, Susie ficou de pé. Cerrou os punhos, depois esticou os dedos e foi até a porta da frente.

Era tão velha quanto a casa. Fabricada em madeira maciça e envernizada com tantas camadas que emperrava no batente ao ser aberta, a porta entalhada lembrava Susie de que, por mais que se quisesse, era impossível deter a passagem o tempo.

Os passos pararam.

Susie aguçou a audição. Não ouviu nada.

Estendeu a mão até a maçaneta e a girou.

Abriu a porta aos pouquinhos. Cinco centímetros. Sete. Trinta. Respirou fundo, saiu pelo vão estreito e... ergueu os olhos.

Esperou. Como sempre fazia. Todas as noites. Era assustador. Familiar. Insistente.

A menina não se encolheu, não tremeu nem se sobressaltou, mesmo que qualquer uma dessas reações fossem muito razoáveis na situação em que se encontrava. Em vez disso, apenas perguntou:

— Já é hora de voltar?

Chica estendeu a mão amarela. Não moveu o bico.

Susie sabia que Chica não responderia, porque Chica nunca falava com ela.

A menina deu as costas para a galinha animatrônica imensa parada à sua frente. Encarou as escadas, melancólica.

Mas a melancolia não servia de nada.

Olhou de volta para a galinha robótica. Ignorando o bico escancarado cheio de dentes, Susie focou no corpo amarelo--vivo e no grande babador branco ao redor do pescoço, onde estava escrito: "Vamos comer!" Depois, fitou o bolinho que a animatrônica segurava. Susie achava o doce mais assustador do que a galinha: tinha olhos e dois dentes incisivos, além de uma vela espetada bem no meio. Não tinha ideia do que a vela representava. Um dia? Um ano? Uma criança?

Susie permitiu que Chica a pegasse pela mão e se afastou da casa. A cada passo, se sentia menos como si mesma. Assim que passou pelas folhas de Oliver, que ainda caíam, já estava perdida.

Pela porta da frente, Patricia encarava o carvalho que espalhava folhas por todo o quintal. Tinha a sensação de que acabara de perder algo importante.

Vários minutos antes, ouvira o barulho de novo. Dessa vez, não conseguira resistir e fora espiar.

Saíra do quarto para o corredor. Do topo da escada, vira a porta da frente escancarada.

Com o coração acelerado, ela havia corrido até o quarto de Samantha e olhado lá dentro. Bastara uma espiada para seus batimentos cardíacos se tranquilizarem. Certo. Seu maior pesadelo não tinha se concretizado.

Mas por que a porta estava aberta? Pegando um par de agulhas de tricô, que segurou diante do corpo como se fossem uma faca, ela avançou à surdina pela casa, à procura de invasores. Não havia ninguém.

Patricia fechou a porta, virou o trinco e pressionou as mãos na superfície de madeira, empurrando com toda a força — como se pudesse afastar a realidade, ou talvez a moldar para que assumisse outra forma.

De repente, recolheu as mãos e se sobressaltou. Não havia considerado uma possibilidade: e se alguém tivesse entrado pela porta aberta enquanto ela inspecionava a casa?

Virou-se e correu escada acima até o quarto de Samantha. Quase desmaiou de alívio. Estava tudo bem.

A menina estava acordada, sentada na cama, com as cobertas puxadas até o pescoço. Apertava os punhos com tanta força que os dedos estavam brancos. Lágrimas faziam seus olhos cintilarem na luz fraca que vinha do abajur na mesinha de cabeceira.

Patricia se sentou ao lado da filha. Teve vontade de puxar Samantha para um abraço apertado, um que dissesse "nunca vou te abandonar". Mas a menina não gostava disso. Tolerava apenas o mais suave dos toques.

Então Patricia pousou de leve a mão no ombro da filha, antes de dizer:

— Sei que está com saudades dela. Eu também estou.

A menina piscou e duas lágrimas escaparam de seus olhos, escorrendo pelas bochechas encovadas. Ela nem se deu ao trabalho de enxugá-las.

Patricia ficou sentada ao lado de Samantha por um bom tempo, mas nenhuma das duas voltou a falar. Enfim, a mulher se levantou, beijou o topo da cabeça da filha e voltou para sua cama imensa.

Samantha esperou a mãe ir embora antes de se mover. Ficou deitada de barriga para cima, vendo a luz e as sombras brincarem de gato e rato no teto.

Se Susie estivesse ali, inventaria alguma história sobre a escuridão e a luz: diria que estavam lutando ou dançando juntas ou algo assim. Vivia inventando coisas.

A menina tinha herdado aquilo do pai. Mesmo que a mãe fosse artista e o pai trabalhasse de terno e gravata, tratando de "negócios" que Samantha e Susie não entendiam muito bem, era ele que amava histórias. No tempo livre, sempre lia um livro ou assistia a um filme. Também inventava ótimas narrativas. Quando estava em casa, as meninas sempre eram colocadas para dormir ouvindo um conto novinho em folha. A mãe nem tentava inventar histórias.

"Vou ler um livrinho em vez disso", dizia ela quando o pai das meninas estava viajando.

A mãe já não dizia mais isso. Só perguntava qual livro deveria ler naquela noite.

Uma das histórias inventadas pelo pai das meninas era sobre um garoto que tinha um esconderijo na própria casa. Do esconderijo, era capaz de resolver todos os seus problemas, por piores que fossem. O pai contava centenas daquelas histórias, inventando um problema novo a cada noite para o menino resolver.

Susie tinha certeza de que isso significava que havia um esconderijo na casa deles. Vivia questionando o pai para tentar descobrir a localização. A resposta era sempre a mesma: com um gesto, ele fingia trancar a boca e jogar fora a chave invisível.

A menina tinha certeza de que o jeito de chegar ao esconderijo era através do escritório do pai, nos fundos da casa. Samantha achava que era só historinha para boi dormir, e ficava aliviada pelo fato de o escritório estar sempre trancado. Assim,

Susie não tinha como convencê-la a se meter em confusão e sair em busca do tal esconderijo.

Mas, desde que o pai fora embora de casa, o escritório não ficava mais trancado. Susie não falava mais sobre encontrar esconderijo algum.

Samantha apertou os lábios, frustrada consigo mesma por estar pensando em Susie e na porcaria do esconderijo. Depois, pensou nos barulhos que ouvia à noite. Tentou se convencer de que estava imaginando coisas. Devia ser isso mesmo, porque, quando olhava pela janela, nunca via nada.

Mas deitada ali sozinha, no estranho silêncio da madrugada, era difícil convencer a si mesma de que estava só inventando coisas.

Tinha quase certeza de que houvera algo lá fora.

Mas o quê?

E por quê?

Pela manhã, Patricia e Jeanie repousavam lado a lado no balanço da varanda, forrado com almofadas de estampa floral amarela. Patricia sabia que ela e a amiga deviam formar uma cena idílica: duas mulheres com chapéu de palha de aba larga para proteger o rosto do sol que banhava a casa, bebericando chá para espantar o friozinho do outono. Deviam parecer muito relaxadas… mas não estavam. Ao menos, Patricia não estava.

Ela olhou para a amiga. Jeanie era praticamente seu oposto em termos de porte físico e cor de cabelo. Patricia era alta, magra e tinha cabelo escuro, enquanto Jeanie era baixa, gorda e loira. Apesar das diferenças, costumavam ter uma característica em comum: sorriam e riam com facilidade. No entanto, Patricia já não era mais assim.

A mulher suspirou.

— Estou pensando em levar a Samantha em outra psicóloga — disse Patricia, fazendo uma careta ao perceber que sua voz parecia arranhar o ar. — A Rhonda é simpática, e acho que a Samantha gosta dela… Na verdade, é difícil dizer. — Ela agitou a mão para afugentar uma mosca. — Mas conversei com a Rhonda semana passada, e ela disse que a Samantha não tem feito novos progressos. Claramente está guardando alguma informação, mas a Rhonda não consegue fazê-la falar.

— A Samantha sempre fez as coisas do jeito dela — comentou Jeanie, sorrindo. — Aquela menina tem opinião sobre tudo.

Patricia tentou sorrir, sem muito sucesso.

— Lembra do baita sermão que ela deu na Susie por ter batizado aquela árvore? — Jeanie apontou para o carvalho ancestral. — Qual é o nome dele mesmo?

— Oliver — respondeu Patricia, então começou a chorar.

Jeanie deixou a xícara de chá de lado e pegou a mão da amiga.

— Sinto muito. Isso foi meio insensível da minha parte.

Patricia enxugou os olhos e balançou a cabeça.

— Já faz um ano. A esta altura, eu devia…

— Não tem "devia" nenhum quando se trata da perda da sua filha. Não foi o que sua terapeuta te disse?

Patricia assentiu.

— Não tem jeito certo de lidar com isso.

As duas continuaram tomando chá em silêncio por vários minutos. Patricia observou Oliver soltar mais uma dúzia de folhas. A brisa persistente da noite anterior havia arrancado centenas das remanescentes. Poucas restavam nos galhos retorcidos. Logo ele precisaria de seu cachecol.

Jeanie deu um tapinha no joelho de Patricia e disse:

—Você está pensando no cachecol do Oliver.

Patricia sentia uma dor imensa quando se lembrava de como Susie, à época com quatro anos, pouco depois de batizar a árvore, correra para dentro de casa ao ver Oliver soltar sua última folha. Ao voltar para o quintal, trouxera nas mãos um dos cachecóis que Jeanie tricotara para ela.

A mãe olhou de soslaio para Oliver, e a sensação era de que conseguia enxergar a cena de três anos antes se desenrolando bem ali. Os detalhes estavam meio difusos, mas ainda assim era quase real.

Usando seu casaco laranja-neon, com os bracinhos cruzados e a testa franzida, Susie exclamara: "Ele vai ficar com frio porque não tem mais folhas!"

Ao descobrir que seu cachecol não era grande o bastante para Oliver, a menina ficara de coração partido… até Patricia sugerir que Susie pedisse para a madrinha tricotar uma peça sob medida. Desde então, Jeanie fazia um cachecol diferente para Oliver todos os anos.

— Eu já tricotei um novo — sussurrou Jeanie.

Lágrimas escorreram pelo rosto de Patricia. Estava surpresa de ainda ter lágrimas para derramar.

— Ela sempre antropomorfizava as coisas — comentou Patricia. — Nunca vi problema nisso.

— Não era um problema. Ela era uma menina empática com imaginação fértil.

— Mas foi por isso que ela foi levada tão fácil... — Patricia não reconhecia a própria voz. Geralmente suave, estava saindo dura e áspera como o tronco de Oliver. — Eu não devia ter dado corda para as fantasias dela. Devia...

— Pare com isso! — exclamou Jeanie, se virando para a amiga. — Nem todas as crianças assassinadas eram como a Susie. Não tem como saber se teria sido diferente caso ela fosse de outro jeito. Você tem que parar de inventar motivos para se culpar.

Patricia baixou os olhos.

— Eu odiava aquele lugar — sussurrou ela. — Sempre achei meio horripilante. Mas a Susie amava.

Jeanie franziu a testa.

— Tem certeza de que quer falar sobre isso de novo?

— Eu preciso...

— Não, não precisa.

— Preciso, sim. Não consigo esquecer.

— Por que não? Acha que se torturar repassando cada detalhe vai ajudar a Susie?

Patricia queria berrar para a amiga calar a boca, mas não tinha energia para isso.

Jeanie segurou as mãos da amiga.

— Sua filha foi vítima de um assassino em série. Morreu num lugar onde deveria estar segura. Pronto. Desenterramos o assunto de novo. Está se sentindo melhor?

Patricia só se desvencilhou e começou a se levantar. Jeanie a segurou pelo braço, o aperto machucando um pouco.

— Não fuja! — insistiu Jeanie. Depois baixou a voz, mas manteve um tom firme que parecia uma bronca: — Você não pode enfiar o dedo na ferida e depois sair correndo da dor. Se quiser insistir nisso, precisa mergulhar de cabeça. Do contrário, vai passar o resto da vida fugindo, e nunca vai conseguir deixar a Susie descansar de uma vez por todas.

Um carro passou pela rua a toda velocidade, com o motor rugindo. O cheiro de fumaça de escapamento tomou a varanda. Aquele odor fez a raiva de Patricia diminuir.

— Susie estava usando o suéter favorito dela, o que você tricotou.

— Magenta com listras cor-de-rosa — lembrou Jeanie.

— Ela queria que tivesse lantejoulas — acrescentou Patricia.

— E você não me deixou colocar.

— Então você botou strass na calça jeans dela.

Jeanie riu.

—Você vivia chateada comigo.

Patricia enxugou os olhos.

— Que coisa idiota para se ficar chateada.

Por um instante, Jeanie apertou com carinho o braço da amiga.

Uma brisa vinda do quintal atingiu a varanda, e então Patricia estremeceu.

Susie viu Samantha se apoiar no ancinho, fazendo cara feia para Oliver.

— Não é culpa dele — argumentou Susie. — Ele não tem como impedir que as folhas caiam no quintal.

Samantha suspirou.

Susie tentou não se irritar e disse:

— Eu já falei que posso juntar as folhas.

Logo depois de voltarem para casa naquela tarde, a mãe das duas dissera: "Talvez seja uma boa dar uma juntada nas folhas antes do jantar."

Susie respondera: "Deixa comigo."

Mas Samantha tinha sido mais rápida e pegara o ancinho primeiro. Desde então, não o largava. Era do tipo que preferia fazer as coisas "do jeito certo" a aceitar ajuda de pessoas que fariam tudo "do jeito errado".

Beleza. Que Samantha juntasse as folhas, então. Susie passaria um tempinho com Oliver.

Enquanto ouvia o som do ancinho raspando no chão, Susie foi até a parte de trás do tronco, a que não ficava virada para a rua, e abraçou o carvalho. Oliver tinha um cheiro meio defumado e úmido. Pousando o rosto no tronco, ela aguçou a audição. Às vezes, quando se concentrava, tinha certeza de que ouvia a árvore respirar.

— Oi, Samantha!

O cumprimento veio da calçada. Susie olhou ao redor para ver quem estava chamando a irmã. Era Drew, o menino do patinete elétrico com cabelo loiro e arrepiado. Estava sozinho.

Segurando o patinete, o garoto olhava para o quintal. Samantha o encarava como se fosse um touro prestes a atacar.

— Eu te vejo na escola o tempo todo, só pensei em falar oi.

— O menino acenou. — Meu nome é Drew.

Samantha olhou ao redor, como se suspeitasse de uma armadilha. Susie queria ir até a irmã e encorajá-la a falar com Drew, mas ela odiaria isso. Então, Susie continuou escondida, olhando a cena.

Drew coçou o nariz, e seu patinete caiu. Ele se agachou para pegá-lo.

— Oi — respondeu Samantha.

O garoto se levantou e sorriu.

Samantha empunhava o ancinho como se fosse uma arma. Susie achou que não parecia um gesto muito amigável.

—Vá lá falar com ele — chiou para a irmã.

Samantha a ignorou. Susie sabia que entreouvir a conversa dos outros era "grosseria", segundo a mãe. Então correu para a lateral do quintal e começou a falar com as plantas imundas nas floreiras. Será que elas sabiam por que a mãe as andava ignorando?

Samantha queria que o menino fosse embora, mas também queria que ficasse. Ele era bonitinho.

Mas será que estava sendo simpático ou só pregando uma peça nela?

Drew avançou até estar bem na beira da calçada e disse:

— Eu... Eu sinto muito pelo que aconteceu com sua irmã.

Samantha olhou para baixo, mas conseguiu murmurar um agradecimento. Deu um passo hesitante na direção dele.

O menino a fitou, depois encarou a casa. Baixando a voz, perguntou:

—Você já viu ela alguma vez?

Samantha ficou imóvel. Sentiu o sangue sumir do rosto, agarrando o ancinho com tanta força que seus dedos até doeram.

Drew soltou o patinete e deu vários passos na direção do quintal. Depois abriu a boca, e as palavras começaram a sair tão rápido que se atropelavam:

— Não estou sendo malvado, nem tirando sarro de nada. Sério. É que eu acredito em fantasmas, e acho que as pessoas que morrem podem ficar por perto se quiserem. Um tio meu morreu, e eu vi ele naquela mesma noite. Ele continuou aparecendo durante alguns anos. Estava esperando meu pai perdoar ele por alguma coisa. Acho que fantasmas continuam por perto quando querem algo, sabe? Por isso que eu perguntei, não foi para chatear você.

— O jantar sai daqui a cinco minutos! — gritou a mãe de Samantha, vindo até a varanda, sem parecer notar a presença de Drew.

Samantha não tinha a menor ideia do que responder, então só disse "Tudo bem" e se virou para entrar em casa.

— Tchau — falou Drew.

Samantha não conseguia dormir porque não parava de pensar em Drew. Nas coisas que ele tinha dito. Pensar no menino até que era legal. Pensar no que ele tinha dito, nem tanto.

As palavras se reviravam na cabeça dela. *Fantasmas continuam por perto quando querem algo.*

Ela ouviu um farfalhar baixinho no térreo.

Samantha ergueu o tronco. Sabia exatamente que som era aquele. Será que devia descer? Ou esperar?

Os tremores que sempre a acometiam quando ouvia o som começaram nos pés, subindo pelas pernas. Ignorando os calafrios, ela saiu da cama e atravessou o quarto rumo ao corredor. Não havia som algum vindo do quarto da mãe. Nada do andar de baixo, também… mas que corrente de ar frio era aquela?

Samantha cerrou a mandíbula e se forçou a descer as escadas. Na base, esperou um pouquinho. Então, pé ante pé, atravessou a sala de jantar. Espiou o interior da cozinha.

Como já esperava, a porta dos fundos estava escancarada. Conseguiu ouvir o som vindo da varanda: *Tum... Tap... Tum... Tap.* Prendendo a respiração, a menina se forçou a ignorar o medo.

Correu pela cozinha e fechou a porta dos fundos com um estrondo, depois a trancou. Então voltou correndo para cama. Uma vez aninhada entre as cobertas, tentou se convencer de que era tudo coisa de sua cabeça.

Durante todos os meses de acompanhamento, Rhonda nunca havia ficado de costas para Samantha. Será que aquilo era um teste?

A menina franziu a testa e tentou compreender o que estava acontecendo. Olhou ao redor. A sala era simples e organizada, do jeito que Samantha gostava. Tinha apenas um tapete marrom bem grosso, a cadeira de Rhonda — uma poltrona macia cor de creme com espaldar baixo e braços estofados —, um sofá com listras marrom e creme e uma mesinha de criança ao lado de um baú cheio de brinquedos. O lugar interessava Samantha porque era um anexo destacado da casa, como uma caixa suspensa a uns sessenta centímetros do chão. Três das paredes do cômodo eram de vidro.

Um suspiro longo vindo de Rhonda fez Samantha piscar, e a psicóloga enfim se virou para a menina.

— Sinto muito — falou Rhonda. — Estou tentando solucionar uma questão.

As rugas entre suas grossas sobrancelhas pretas eram incomuns. Rhonda nunca franzia a testa. Na verdade, sorria demais para o gosto de Samantha. Não parecia natural, ainda mais para uma pessoa que passava o dia ouvindo outras reclamarem de seus problemas.

— Gosto de solucionar questões — comentou Samantha.

— Sei que gosta — disse a mulher, afastando o longo cabelo escuro do rosto.

Samantha fitou os grandes olhos castanhos de Rhonda.

— Mas e aí, qual é a questão? — perguntou a menina.

— Sua mãe quer te mandar para outra psicóloga.

A menina ergueu a cabeça de repente.

— Por que ela quer fazer isso?

— Porque você não está progredindo comigo.

— Como assim?

Rhonda se inclinou para a frente e explicou:

— Samantha, eu sei que tem alguma coisa ocupando a sua mente. Um pensamento. Uma crença. Algo em que você pensa o tempo todo, que insiste em ficar na sua cabeça. Algo que você não quer me contar.

A mulher estava certa, mas Samantha não admitiu isso em voz alta.

Só encarou os tênis azul-escuros de cadarços perfeitamente amarrados. Gostava de quando as coisas estavam em seu devido lugar. Odiava bagunça.

Mudanças eram uma bagunça. Fazer terapia também. Antes de começar a terapia com Rhonda, a mãe levara Samantha para ver duas outras pessoas que "estavam ali para ajudar". Ambas queriam que ela brincasse com uma pilha bagunçada de brinquedos numa sala bagunçada. Ela implorara para que a mãe não a forçasse a voltar.

Enfim, Patricia a levara até ali. Samantha não amava o lugar, mas também não odiava. Rhonda era diferente. Aquela sala era diferente. Samantha tolerava ambos.

— A gente brigou — explicou a menina.

Precisava contar a Rhonda o que se revirava dentro de sua cabeça para impedir que a mãe a levasse para outra psicóloga.

—Você e a Susie? — perguntou a mulher, e Samantha assentiu. — Certo.

Rhonda anotou algo num caderninho. No começo, as anotações incomodavam Samantha, mas ela tinha se acostumado.

— Foi sobre a Gretchen.

— Quem é Gretchen?

— A boneca. Minha mãe dizia que a gente sempre precisava dividir.

— E de quem era a boneca?

— A mamãe deu ela para nós duas. — Samantha revirou os olhos. — Eu odiei isso. Gosto que minhas coisas sejam só minhas. Não pego as coisas da Susie, então devia ter minhas próprias coisas.

— Certo.

— Mas a mamãe dizia que a gente precisava dividir.

Rhonda assentiu, e a garota prosseguiu:

— Então eu tentei explicar para a Susie que a gente podia brincar sozinha com a Gretchen por um tempo, uma de cada vez. Quando a boneca ficava comigo, eu colocava ela para estudar.

A psicóloga sorriu e assentiu de novo.

— A Susie ficou incomodada — continuou a menina. — Ela disse que a Gretchen não gostava de estudar, e sim de ir ao zoológico. Queria que a boneca ficasse com ela e seus bichinhos de pelúcia o tempo todo. Falou que a Gretchen ia ficar triste se tivesse que estudar.

Samantha fez uma pausa e se lembrou de Susie parada no quarto, com as mãos na cintura e um biquinho. Quando Samantha insistira que Gretchen precisava ir à escola, a irmã dera um chilique. "Mas ela vai *odiar*!", gritara Susie.

Ali no consultório de Rhonda, a menina dobrou as pernas.

— E o que aconteceu depois? — perguntou a terapeuta.

— Quando tentei colocar a Gretchen na frente de um livro, a Susie pegou a boneca e saiu correndo. Ela…

— Ela o quê?

Samantha contou as respirações, como Rhonda havia ensinado. Era para ajudar com a sensação de que havia insetos subindo por suas pernas.

Um.

Dois.

Três.

Quatro.

Na quarta expiração, Samantha disse:

— Ela saiu correndo e escondeu a Gretchen. Depois voltou e contou o que tinha feito. Eu disse que ia encontrar a boneca, e a Susie ficou chateada de novo. Aí, antes… daquela noite… ela me disse que ia achar um esconderijo melhor para a Gretchen, um que eu nunca ia descobrir.

Samantha cerrou os punhos e os ergueu diante do rosto. Depois, prosseguiu:

— Acho que Susie estava pensando sobre onde esconder a Gretchen, e foi por isso que levaram ela. Minha irmã deve ter pensado que a pessoa que a sequestrou ia ajudar a esconder a porcaria da boneca.

Rhonda respirou fundo.

— Obrigada por me contar isso.

— Então fiz algum progresso?

— Acho que sim.

Samantha assentiu. Ótimo.

— Onde a boneca está agora? — perguntou Rhonda.

— Eu ainda não encontrei.

Naquele dia, Susie achou que Samantha estava falando mais do que o normal. Não tinha fechado a boca desde que a mãe a buscara na casa engraçada de vidro que a irmã visitava três vezes por semana. Estava falando sobre coisas chatas, a tabuada do cinco, mas a mãe parecia feliz com isso. Assentia enquanto dirigia. Mas ela não sorria. Nem Samantha. A irmã estava tão tensa que parecia um robô. Falava como um robô também. Era esquisito: falava como se precisasse falar para que algo ruim não acontecesse.

Já que tinha que falar, não podia ser sobre algo bom?

— E se a gente conversasse sobre coisas fofinhas? — perguntou Susie.

Samantha e a mãe não deviam ter ouvido, porque a irmã continuou tagarelando sobre números e matemática. Susie apenas suspirou.

Qual era a graça de ficar com as duas se vivia sendo ignorada?

Susie se virou e olhou para a orelha direita de Samantha, que não era furada como as de Susie. Ela gostava de usar brincos de cores bonitas. A irmã se negava a furar as orelhas porque não queria furos nelas. *Será que, se eu soprar com bastante força, consigo empurrar as palavras chatas para fora da cabeça dela?*, pensou Susie.

Virando de lado, soprou a orelha da irmã com toda a força.

Samantha parou de falar.

Rá! Susie sorriu.

— Terminou de contar a história? — perguntou a mãe.

Samantha não respondeu. Ficou imóvel.

Susie não sabia se o silêncio era melhor do que o falatório ininterrupto. Não era um silêncio tranquilo e confortável, tipo um ursinho de pelúcia fofo. Era um silêncio afiado, como coisas de metal pontudas cutucando a pele. O silêncio machucava seus ouvidos... e seu coração.

A menina começou a cantar para afastar o silêncio. Ninguém cantou junto, mas ela não se importou. Cantou até o carro entrar na rua onde moravam. Só então Susie parou e esperou ansiosamente até avistar a casa para conferir como Oliver estava.

A mãe deu passagem para um carro antes de fazer a curva para entrar na garagem. A seta ficou fazendo *tec-tec-tec* até terminarem de virar. Susie imitou o barulhinho. Ninguém a mandou parar.

Oliver tinha perdido mais folhas. Só sobravam algumas. Será que resistiriam tempo o bastante?

Susie se sentou na beirada da cama de Samantha e ficou observando a irmã ler um livro. Ela parecia tensa. Segurava o livro com força, demorando um tempão para virar as páginas.

— Preciso confessar uma coisa — falou Susie, mas a irmã nem ergueu os olhos das páginas. — Sinto saudades de você quando a gente está longe. E sei que você também sente saudades de mim.

Samantha virou uma página. Sua mão tremia.

— E sinto saudades da Gretchen — prosseguiu Susie. — Você também sente?

Samantha continuou lendo.

Susie não gostava de quando a irmã a ignorava, mas isso não a impedia de continuar falando.

— Não sei por quê, mas não consigo lembrar onde escondi a Gretchen. — Ela mordiscou o nó do dedo. — Acho que...

Susie parou de falar. Aquilo não estava funcionando. Samantha não tinha como ajudar.

Por que não conseguia lembrar onde havia escondido a adorada boneca?

Lembrava como ficara irritada e triste por Samantha ter forçado Gretchen a estudar. Ela era uma boneca sensível. Cheia de sardas e com cabelo loiro cacheado, tinha um sorriso tímido pintado no rosto redondo, do tipo que fazia Susie pensar que ela se assustava com facilidade. Quando a escondera, Gretchen estava usando um vestido rosa com bolinhas roxas feito por Jeanie. Era uma roupa divertida, para ajudar Gretchen a ser mais feliz.

Mas Samantha queria forçar a boneca a "aprender coisas". Vestido de bolinha nenhum resolveria aquilo.

Susie sabia que Gretchen precisava continuar com ela, porque a menina era a única pessoa que a entendia. Sabia como era querer ser feliz e se divertir num mundo que insistia na ideia de que pessoas precisam aprender várias coisas e ser sempre as melhores em tudo. Susie não podia deixar Gretchen sozinha, perdida num esconderijo esquecido. Queria que Samantha ouvisse. Então estendeu a mão sobre o livro que a irmã segurava. Agitou os dedos de um lado para o outro.

O rosto de Samantha empalideceu, e ela ficou imóvel. *No que será que está pensando?*, quis saber Susie. Teria perguntado, mas sabia que a irmã não responderia.

Às vezes, Samantha agia daquele jeito. Às vezes, agia normalmente. A avó costumava dizer: "Ah, essa Samantha… Eita, menina difícil de entender. Já a Susie é um livro aberto." Se Susie era tão aberta assim, porque a irmã não a ouvia?

O que podia fazer para que Samantha a compreendesse?

Samantha se levantou da cama e colocou o livro em cima da escrivaninha, bem alinhado com a quina. Se sentou na cadeira branca de espaldar reto, abriu uma gaveta e pegou recortes de cartolina e uma caixa de giz de cera.

Era isso! Talvez Susie pudesse fazer um desenho. Samantha o veria e se lembraria de Gretchen.

Ou talvez *ela mesma* se lembraria de onde escondera a boneca.

Susie encarou as cartolinas e os gizes. Será que a irmã toparia dividi-los?

— Samantha, pode vir aqui rapidinho, por favor? — chamou a mãe.

Perfeito. Susie esperou Samantha sair do quarto, depois roubou um pedaço de cartolina rosa e um giz roxo que mal parecia usado. Deitou-se no tapete azul de Samantha, de barriga para baixo. Mordendo de leve a língua, começou a desenhar. Precisou de toda a concentração que tinha para garantir que o desenho surgiria no papel, mas deu certo.

Desenhar era tudo que ela podia fazer. Se escrevesse um bilhete, Samantha não o leria.

— Não é para enrolar muito desenhando — falou a mãe das garotas, no corredor. — É quase hora de ir para a cama. Venho já.

Susie escutou os passos de Samantha e se apressou para terminar o desenho. Quando acabou, largou a cartolina no chão e foi até o banco sob a janela.

Encolhendo-se numa bolinha, olhou lá para fora. Não conseguia ver Oliver, porque a janela refletia o quarto iluminado de Samantha. O que podia enxergar, porém, eram algumas folhas rentes ao vidro. Quando se curvou para a frente, se deu conta de que eram de Hera, a planta trepadeira que subia pela treliça acima do telhado da varanda.

A menina sorriu, lembrando-se de quando o pai tinha instalado a treliça. Na época, a hera da mãe, que Susie logicamente batizara de Hera, começara a subir pelas colunas da varanda. A mãe dissera que queria podar a planta. Susie achara a ideia triste.

"Por que você não deixa a Hera subir mais?", perguntara a menina.

"Bom, se a gente tivesse uma treliça…", respondera a mãe.

Parecia que Hera alcançara o topo da treliça e tentava invadir o quarto de Samantha. Será que a planta teria mais sorte tentando fazer Samantha falar?

Samantha entrou no quarto e foi direto para escrivaninha. Teria que correr para terminar o desenho que tinha começado.

Antes de chegar à cadeira, porém, notou algo jogado no chão. Nada além do tapete deveria estar no chão, mas havia um pedaço de cartolina rosa largado ali. Não estava lá quando ela saíra do quarto, disso Samantha tinha certeza.

A mãe ficara o tempo todo ao pé da escada. Não tinha mais ninguém em casa.

O que significava...

Samantha não queria olhar. Se olhasse...

Já sem pressa alguma de desenhar, a menina encarou a cartolina rosa por muito tempo.

Enfim se convenceu de que pegar o papel seria melhor do que deixá-lo ali. Enquanto estivesse no chão, Samantha poderia pensar em milhares de motivos assustadores para o fenômeno. Se o pegasse, saberia com certeza o que era.

Susie costumava dizer que Samantha não tinha imaginação. Era mentira: o problema era justamente ter imaginação demais, tanto que bastava um pensamento para se assustar.

Com passos lentos e silenciosos, Samantha foi até o tapete. Não tirou os olhos da cartolina, sem saber direito o porquê. Será que achava que o pedaço de papel a atacaria? E faria o quê? Encheria a menina de cortezinhos?

Samantha tinha se cortado sem querer com um papel quando era pequena. Susie chorara ao ver o sangue, mas a própria Samantha não. Sim, ardia um pouco, mas achou a sensação mais interessante do que dolorida. Como algo tão delicado quanto uma folha fina de papel podia machucar daquele jeito?

Quando pegou a cartolina, a menina viu alguns traços roxos esquisitos. Encarando as linhas com afinco, aos poucos notou que formavam um desenho que fazia certo sentido.

Era dividido em três partes, como quadrinhos de um gibi.

No primeiro, à esquerda, havia duas menininhas. Uma usava o cabelo preso num rabo de cavalo enquanto o da outra estava solto. Esta segurava um espelho numa das mãos. Estava apontando o objeto para um bebê flutuando no ar. A outra mão estava estendida na direção da menina de rabo de cavalo. Entre o bebê e a garota, havia uma galinha imensa com dentes pontudos e mãos erguidas.

O segundo quadro, separado do primeiro por uma linha vertical, mostrava a lua pairando sobre uma casa que se parecia um pouco com a de Samantha. A menina de cabelo solto se afastava da construção, de mãos dadas com a galinha gigante. À direita, separado por mais uma linha vertical, tinha o quadro seguinte. Este também tinha uma lua, uma casa e a garota de cabelo solto andando de mãos dadas com a galinha. Mas, depois do terceiro quadro, havia uma linha escura bem grossa. Samantha conseguia ver o ponto onde o giz de cera fora esfregado várias vezes até criar algo comprido que ela não entendia muito bem o que era.

Franzindo a testa, encarou a imagem. Será que tinha desenhado aquilo e depois esquecido?

Se ao menos conseguisse acreditar nisso...

— Queria que você falasse comigo — sussurrou Susie. — Sinto saudades de quando a gente conversava. Sei que você achava que eu falava muito, mas mesmo assim, você ouvia. Só queria que alguém me escutasse.

Estava muito frustrada. Parecia uma brincadeira de mímica. Uma vez, brincara de mímica na festinha de aniversário da amiga Chloe. Susie gostava de todo tipo de brincadeira, mas mímica não era tão divertido assim. Pensara que estava sendo muito clara ao dar as dicas, mas ninguém entendia o que ela estava tentando transmitir. Ninguém acertara. Mais tarde, quando contara aquilo para a mãe, Patricia dissera: "Você não pensa igual às outras pessoas. Isso é uma coisa boa. Você é supercriativa."

Não o bastante, pensou Susie enquanto encarava o desenho que largara sobre o tapete.

O que mais podia fazer?

Levantando-se do banco sob a janela, Susie correu até a escrivaninha de Samantha. Viu a irmã erguer o rosto do desenho quando passou correndo por ela, mas nem se deu ao trabalho de falar nada. Quando Samantha estava daquele jeito, não adiantava insistir. Além do mais, Susie queria desenhar outra coisa.

Na escrivaninha, pegou um pedaço de cartolina amarelo-clara e um giz preto. Largou-se na cadeira da irmã e começou a rabiscar.

Samantha sentiu uma mudança no ar, mas não queria pensar no porquê. De alguma forma, também sabia que não podia virar de costas.

Cobriu a boca com a mão para não rir. Não era uma pessoa que ria muito. Às vezes, o pai até conseguia fazê-la gargalhar com ataques de cócegas. Mas aquela risada não era do tipo provocada por cócegas. Era do tipo que vinha de um lugar profundo dentro dela, uma parte "histérica". O pai usava aquela palavra com frequência para se referir à mãe antes de abandonar as três. Samantha não queria ser histérica.

Contou as respirações, como aprendera na terapia.

Um.

Dois.

Três.

Quatro.

O ar no seu quarto tinha ficado espesso e grudento, quase como melaço. Samantha não sabia o que fazia a atmosfera ficar daquele jeito, mas não parecia certo continuar ali. Precisava sair. Deixando o desenho onde o encontrara, começou a avançar para o corredor. Contudo, ao chegar na soleira, parou. Havia algo sobre sua escrivaninha.

Outro desenho.

Samantha franziu a testa e se encolheu, mas não conseguiu afastar o olhar.

O novo desenho também era dividido em três quadros. No primeiro, a mesma garota de cabelo solto se afastava da porta da mesma casa. A lua crescente estava bem fininha, como a que Samantha vira no céu na noite anterior. No segundo, a mesma menina se afastava da mesma porta, mas a lua parecia um pouco mais grossa. E enfim, no terceiro quadro, a garota não estava mais presente. Era só a porta da casa e uma lua ainda mais cheia.

— Está pronta para ir dormir? — perguntou a mãe, surgindo na porta.

Ignorando o ar esquisito no quarto, Samantha juntou os desenhos e os escondeu embaixo das cobertas. Inspecionaria os dois mais tarde, à luz da lanterna.

• • •

Susie costumava esperar a mãe sair para se juntar à irmã na cama, mas naquela noite foi diferente. Não queria desperdiçar nem um segundo longe dela.

Aninhando-se no colchão de Samantha, do lado da janela, Susie viu a irmã passar pelo ritual curioso que antecedia o sono.

Primeiro, Samantha se sentava à escrivaninha e escrevia um parágrafo — no mínimo — no seu diário. Então, atravessava o corredor até o banheiro e escovava os dentes. Depois fazia xixi, e em seguida bebia meio copo d'água. Certa noite, Susie lhe dissera que aquilo a faria sentir vontade de ir ao banheiro de novo, mas Samantha só lhe mostrara a língua.

Depois da água, Samantha tocava os dedos dos pés quatro vezes e dava cinquenta escovadas no cabelo. Em seguida, ia até o cesto onde guardava as bonecas e dava boa-noite para cada uma delas. Enfim, se deitava na cama.

Nenhuma daquelas atividades era estranha por si só, mas a forma como Samantha as fazia da mesma forma todas as noites, na mesma ordem, era, *sim,* estranha. Ao menos, para Susie.

Naquela noite, a rotina mudou um pouquinho, porque Samantha pegou a lanterna na gaveta da mesinha de cabeceira. Quando se enfiou embaixo das cobertas, levou junto o objeto e os desenhos que escondera ali. Susie ouviu as páginas farfalharem quando Samantha as enfiou ainda mais para baixo do cobertor, acomodando-se no travesseiro como uma princesa adormecida. Enfim, gritou:

— Estou pronta, mãe!

Susie observou o perfil de Samantha enquanto esperavam a mãe chegar. A irmã tinha um pequeno calombo no nariz, bem na metade da ponte. Susie gostava dele. Ela própria não tinha um calombo, algo que em sua opinião deixava os narizes mais interessantes. Também gostava da cicatriz sob o olho direito de Samantha. Susie até tinha uma cicatriz, mas a dela ficava escondida sob a franja.

Ela se machucara porque estava fazendo algo que não devia. Samantha, por sua vez, se machucara porque *a irmã* estava fazendo algo que não devia.

Susie amava escalar quando era pequena. Uma de suas atividades favoritas era subir no parapeito da varanda e tentar dar a volta na casa sem cair. Era boa em se equilibrar, mas contornar os postes era difícil porque seus braços eram curtos demais para abraçar as colunas. Ela caía com frequência, geralmente em cima das floreiras da mãe — o que sempre lhe rendia uma bronca. Patricia levava suas plantinhas muito a sério.

Certo dia, enquanto Susie limpava a terra da última queda, Samantha dissera:

"Tem um jeito melhor de contornar as colunas."

"Quem disse?"

"Eu."

"E como você sabe?"

"Sabendo, ué. E também sei qual é o jeito."

"Então me mostre", pedira Susie.

"Não. A mamãe disse para não subir no parapeito."

"Então por que você me falou isso?"

"Porque *tem* um jeito melhor."

"Mas se não vai me mostrar, de que adianta? Você só quer pagar de sabichona."

"Não quero nada."

"Quer, sim."

As garotas discutiram ao lado de uma floreira cheia de begônias amarelas na lateral da casa. Com as mãos na cintura, encararam uma à outra, com os narizes praticamente grudados. Susie era um ano mais velha, mas as duas tinham mais ou menos a mesma altura.

"Acho que você está mentindo", acusara Susie.

"Não estou."

"Está, sim!"

"Estou nada!"

Àquela altura, já estavam berrando.

"Que confusão é essa, meninas?", perguntara a mãe, que estava dentro de casa lavando roupa.

Susie desejara que a mãe ficasse por lá para que ela pudesse continuar brincando. Inclinando-se até o nariz tocar o de Samantha, sussurrara: "Está, sim."

Samantha fizera sua cara de pequinês e dissera: "Beleza, então." A menina marchara ao redor de Susie antes de subir na balaustrada ao lado de uma das colunas.

Susie ficara de queixo caído.

Samantha havia apoiado as costas na coluna.

"Você precisa dar a volta virada de costas para ela, não de frente, viu? Assim, o peso da sua bunda não vai te puxar para baixo."

A menina começara a demonstrar a técnica, mas seu pé escorregou. Ela acabou soltando a coluna e caiu de frente, aterrissando bem em cima da floreira. Susie já caíra ali outras vezes e só havia ficado suja, mas o rosto de Samantha bateu no topo de uma das estacas de madeira que a mãe colocava para sustentar suas barbas-de-velho.

Samantha ficara brava com Susie por dias depois do incidente. Não só porque precisara tomar pontos, mas também porque se metera em confusão por ter subido no parapeito.

"A ideia foi dela!", berrara Samantha, apontando para Susie.

"Mas você já é grandinha o suficiente para não ir na onda dos outros", dissera a mãe para Samantha. "Não é obrigada a fazer nada só porque as pessoas querem que você faça."

Ela estava certa.

Como naquele momento, na cama.

— Não quero ouvir essa história — disse Samantha para a mãe. — Quero ouvir a do fantasminha feliz.

Susie sorriu. Ultimamente, aquela era a história preferida de Samantha.

A mãe das garotas pareceu prestes a argumentar, mas só suspirou e pegou o livro de cima da pilha organizada na mesinha de cabeceira. Em seguida, se sentou na beira da cama.

Susie queria poder ajudar a mãe. Patricia estava tão pálida... Não, mais do que pálida. Parecia que a pele estava ficando translúcida. Susie conseguia enxergar as veias subindo por sua testa, pelas mãos e pelos braços. Pareciam minhocas azuis.

Na primeira vez que Susie vira veias como aquelas na pele de uma idosa, achara que eram minhocas de verdade, e dera um berro. A mãe explicara o que eram os traços roxos.

— *Numa casa alta e velha, no cume de uma montanha alta e velha, o fantasma alto e velho flutuava pelo corredor* — começou a mãe.

Susie ajeitou o travesseiro e se aninhou mais perto da irmã. Samantha arquejou e ficou tensa, como se uma bruxa má a tivesse congelado de repente.

A irmã fungou e se afastou. Por que Samantha estava tão irritada com ela?

— *O fantasma alto e velho na casa alta e velha não era um fantasma bonito* — leu a mãe. — *Mas era um fantasma feliz. Um fantasminha muito, muito feliz.*

Susie notou os olhos marejados da mãe. Também notou como sua voz parecia entrecortada e embargada.

— Continua — pediu Samantha.

A mãe suspirou de novo.

Depois voltou à história familiar sobre o fantasma que era feliz porque podia passar a eternidade com a família… até descobrir que isso acabaria, já que estavam mudando de casa. Aquela parte sempre entristecia Susie, assim como entristecia o próprio fantasminha. Ela não conseguia se imaginar mudando de casa. Quem cuidaria de Oliver?

Patricia continuou lendo rápido, até chegar à parte em que o fantasma descobria que, caso se afastasse da casa, seguindo na direção do lugar especial cheio de luzes cintilantes onde fantasmas verdadeiramente felizes se divertiam juntos, poderia ficar com a família para sempre — não importava para onde eles fossem. A mãe diminuiu o ritmo nessa parte, pigarreando várias vezes.

Susie pensou que seria muito bom estar num lugar onde ficaria com a família para sempre. Ela amava estar com a mãe e com Samantha, que, por mais que fosse uma chatinha, ainda era sua irmã.

Quando a história acabou, a mãe se levantou e hesitou por um instante. Então, foi até a porta e disse:

— Durma com os anjinhos.

Susie queria que ela lhes desse um beijo e um abraço de boa--noite, como costumava fazer, mas Samantha tinha decidido que eram velhas demais para isso, e não deixava mais que a mãe se despedisse daquela forma. Patricia devia achar que Susie concordava com Samantha, embora ela não concordasse.

Assim que a mãe apagou a luz, Samantha se aninhou de lado.

— Boa noite, Samantha — falou Susie, com gentileza, mas a irmã não respondeu.

Então a menina deu de ombros e se encolheu numa bolinha, virada para a janela. Olhou para a fatia fina de lua que espiava o quarto. O luar não estava intenso o bastante para iluminar o cômodo, mas era suficiente para formar várias sombras engraçadas. Duas pareciam hipopótamos dançantes, e três se combinavam para formar um palhaço cavalgando. Uma lembrava um...

Susie fechou os olhos. Ficou ouvindo a respiração de Samantha, e se perguntou se a irmã tinha entendido os desenhos. Ela não dissera nada antes de escondê-los sob as cobertas. Por que os havia colocado ali?

Lá fora, um baque soou na varanda.

Já?

Susie ainda não queria ir embora. Estava torcendo para que Samantha desse outra olhada nos desenhos. Ela *precisava* entender o significado deles!

O barulho foi seguido por um rangido baixinho... o som do balanço da varanda. Depois, se transformou no ritmo dos passos com que Susie já estava acostumada: *Tum... Tap... Tum... Tap.*

Por que o ruído lhe dava calafrios?

Por que sentia que devia saber o que estava lá fora? Por que sentia que *precisava* saber?

Susie jogou as cobertas para o lado e saiu da cama como se algo a estivesse arrancando daquele porto seguro. Era como um daqueles lasers congelantes que ela vira nos filmes de ficção científica a que o pai gostava de assistir. Susie não tinha controle sobre o fenômeno. Queria ficar na cama quentinha, mas acabava se levantando, saindo do quarto e descendo as escadas.

Na base da escadaria, parou para ouvir os passos. Viu uma sombra grande passando pela janela da sala de jantar. Assim que a sombra sumiu, a menina entrou na cozinha e abriu a porta dos fundos.

Então esperou.

Às vezes, Samantha ia até lá e batia a porta, e as duas voltavam para a cama. Não foi o que aconteceu naquela noite.

Susie só continuou parada ali… ouvindo os passos chegarem cada vez mais perto. No último instante, pouco antes de os sons darem a volta na casa, ela fechou a porta da cozinha.

Tentou voltar para o andar de cima, mas não conseguiu. Em vez disso, seus pés a levaram até a porta da frente.

A casa tinha uma antessala bem grande — uma "entrada e tanto", como dizia a mãe. Ela contara para Susie que, no passado, havia uma mesa redonda no meio do cômodo. Em cima dela, Patricia sempre deixava um vaso cheio de flores do jardim. Só que precisara tirar a mesa dali quando os primeiros passos de Susie se transformaram numa correria descontrolada, porque a garotinha sempre trombava com a mesa e derrubava o vaso.

"Ela quebrou sete vasos antes de eu desistir", a mãe gostava de contar para as pessoas.

Nunca falava com tom de quem se irritava com aquilo. Por algum motivo, era algo que parecia deixá-la feliz.

Desde então, a entrada imensa tinha apenas um tapete tricotado com linha marrom e azul-marinho. Susie parou bem no meio do tapete e ficou esperando.

Quando as sombras se moveram lá fora e o vulto que cercava a casa se aproximou, a menina deu um passo e abriu a porta. Como ela já esperava, Chica estava ali, alta e rígida. A luz da varanda brincava no corpo amarelo da criatura, fazendo parecer que o animatrônico estava respirando. Susie encarou os olhos meio rosa, meio roxos de Chica. Suas sobrancelhas escuras tinham se mexido ou era só impressão?

Susie baixou o olhar na mesma hora. Os pés laranja da galinha estavam plantados sobre o tapetinho com a inscrição BEM-VINDOS. Um pé sobre o E, e o outro sobre o O. Como sempre, Susie hesitou, mas depois fez o que sabia que devia fazer: estendeu a mão e permitiu que Chica envolvesse seus dedos nos dela, gelados e rígidos.

O animatrônico se virou e seguiu rumo aos degraus que levavam até o quintal coberto de folhas. Susie não teve escolha a não ser ir junto. O som de seus pequenos passos se juntou aos de Chica, e folhas farfalharam sob os pés de ambas enquanto deixavam a casa para trás.

Samantha aguçou os ouvidos para ter certeza de que a mãe estava no próprio quarto. Era difícil ter certeza, porque as paredes grossas abafavam ruídos mais baixos. Depois de um tempo, porém, a menina ouviu o rangido da cama da mãe. Esperou mais uns minutos antes de acender a lanterna sob as cobertas e pegar os desenhos.

A menina quase não precisava olhar as imagens outra vez. Estavam gravadas em sua mente desde o momento em que apareceram. Ela se permitiu admitir que sabia que a primeira imagem representava ela e Susie. Mas o que significava?

Fazendo uma tendinha com o lençol e a coberta, apontou a lanterna para o desenho das duas garotas.

Mais cedo, Samantha pensara que a garota de cabelo solto — Susie — estava segurando um espelho, mas logo compreendeu que na verdade era uma lupa. Parecida com a que o pai guardava na gaveta do escritório e que ele às vezes emprestava para que as garotas olhassem as coisas bem de pertinho. Samantha nunca se esquecera de como tinha sido ver a casca do tronco de Oliver ampliada. Era como estar diante de um novo mundo. Susie podia dar nome às coisas o quanto quisesse, mas Samantha preferia observá-las. Era para isso que usava a lupa: para analisar tudo de perto. Susie, no entanto, usava o objeto para caçar.

Depois de usar a lupa para ver uma lagarta, Susie havia decidido procurar "insetinhos bem pitiquinhos" no gramado. Tinha certeza de que encontraria algo que nenhuma outra pessoa vira antes. Quando Samantha usara o instrumento para conferir o tronco de Oliver, Susie o agarrara e o apontara para outra parte da árvore.

"Talvez a gente encontre alguns duendes aqui", sugerira a menina.

Certo. Então, se Susie segurava a lupa no desenho, estava procurando algo.

Mas o quê? O bebê flutuante?

Ah. Não era um bebê. A coisa flutuante era uma boneca.

Samantha franziu a testa. Só havia uma boneca perdida.

Tinha que ser Gretchen. Então Susie a queria de volta.

Mas e a galinha? O que raios era aquilo? Samantha não conseguia entender a galinha com dentes.

E o que o segundo desenho queria dizer?

Samantha apontou a lanterna para ele. Como se lembrava, eram três quadros com a menina de cabelo solto. Nos dois primeiros, ela estava se afastando da porta. O terceiro mostrava apenas a porta, e as luas ficavam um pouco mais cheias conforme os quadros passavam. O que aquilo significava?

E se as luas de tamanhos diferentes representassem dias diferentes em cada quadro? Tipo uma noite, depois a próxima e a seguinte?

Samantha pensou na irmã, na boneca e nas luas.

Enfim, entendeu tudo. Apagando a lanterna, pensou: *Susie só tem mais duas noites aqui.*

Tinha quase certeza de que havia compreendido direito. Mas a galinha...

— Por que a galinha? — sussurrou Samantha.

Mas Susie, é claro, não respondeu, porque não estava mais ali.

O alarme de Samantha a acordou antes do nascer do sol. Felizmente, ela tinha o sono leve, então não precisara deixar o volume do toque muito alto. Assim, garantia que não despertaria a mãe. Patricia tinha dificuldade para dormir, porém, depois que adormecia, era igualmente difícil de acordar. Samantha entreouvira a mãe contar para Jeanie que só dormia com ajuda de remédios. Isso parecia tornar as manhãs bem complicadas, e Samantha tinha aprendido a não falar com a mãe antes de ir para a escola.

Certa vez, a menina havia esquecido parte de uma tarefa de casa. As duas já estavam na correria porque Patricia dormira até mais tarde. Tinham enfim corrido para o carro, e a mãe saía da garagem quando Samantha se deu conta de que havia deixado a tarefa no quarto.

"Preciso voltar", avisara a menina.

A mãe pisara no freio com tanta força que a cabeça de Samantha chacoalhara para a frente e para trás. Ela achara que a mãe voltaria às pressas para casa — em vez disso, porém, ela se inclinara e batera a testa várias vezes no volante, sussurrando sem parar. Samantha teve a impressão de que era: "Não consigo fazer isso."

Samantha continuava deitada no escuro. Passou vários minutos segurando o despertador. Não gostava de acordar cedo. Susie, por sua vez, sempre queria pular da cama e começar a brincar antes mesmo do nascer do sol. Era como o pai, que sempre dizia que a melhor parte do dia eram os minutos que antecediam a aurora, quando tudo estava "impregnado de possibilidades".

"Sinta o cheiro no ar", dizia ele para Samantha nas pouquíssimas manhãs em que conseguia tirá-la da cama cedo. "Veja o céu meio rosado."

"É tão lindo!", exclamava Susie.

Não o suficiente para me fazer acordar cedo, pensava Samantha.

Naquela manhã, porém, não foi um cheiro ou uma cor que tirou Samantha da cama. Foi uma missão.

Tinha apenas dois dias para encontrar Gretchen.

Não sabia o que aconteceria se não achasse a boneca. Não entendia como um brinquedo perdido poderia significar tanto para a irmã morta. Susie era um fantasma... não era? Por que fantasmas iriam querer coisas, ainda mais uma boneca?

Mas não importava. Era o que Susie desejava e, depois do que acontecera com ela, merecia ter o que bem entendesse.

Samantha jogou as cobertas para o lado.

O ar gélido atingiu suas pernas, e sua pele se arrepiou. Ela ignorou o desejo de voltar para a cama e ficou de pé, permitindo que o tecido macio e grosso da sua camisola de flanela azul a protegesse um pouco do frio. Enfiou os pés nos mocassins de couro que Jeanie lhe dera de presente (Samantha, ao contrário de Susie, não curtia pantufas de animais fofinhos), pegou a roupa que tinha separado à noite e entrou no banheiro na ponta dos pés.

Grata pelo pequeno aquecedor portátil que ficava acomodado num banquinho robusto ao lado da porta do banheiro, Samantha ligou o aparelho e ficou parada diante dele por alguns minutos para se aquecer. Depois, passou por uma versão resumida de sua rotina matinal antes de se vestir.

Depois de compreender o que os desenhos de Susie significavam, Samantha tentara ficar acordada até os calmantes da mãe fazerem efeito para poder começar logo a busca por Gretchen. Mas passara um tempão ouvindo os rangidos da cama de Patricia, o que significava que ela ainda não estava em sono profundo. Os olhos da menina começaram a se fechar contra sua vontade, e por isso ela colocara o despertador para tocar no início da manhã.

Quando enfim terminou de se arrumar, Samantha desligou o aquecedor e abriu a porta do banheiro. No corredor, parou em cima da passadeira verde-escura de tricô e pensou nos lugares onde Susie poderia ter escondido Gretchen.

Olhou de soslaio para a porta fechada do quarto da irmã, mas balançou a cabeça. A boneca não estaria ali.

Depois da briga por causa de Gretchen, Susie ficara extremamente chateada. Não teria colocado a boneca no próprio quarto, onde Samantha a encontraria com facilidade. Mesmo que estivesse ali, porém, seria o último lugar em que Samantha a procuraria. Ela não entrava no quarto de Susie desde aquela noite horrível em que...

Samantha balançou a cabeça e avançou pelo corredor, seguindo na direção da escada. Seria melhor procurar a boneca de forma metódica. Fazia sentido começar na parte de baixo da casa e depois ir subindo. Além disso, havia menos chance de acordar a mãe enquanto procurasse no térreo.

O brilho pálido e amarelado das lâmpadas da varanda se estendia escada acima, passando pelo vitral que adornava a porta de entrada. A luz parecia colorida e etérea.

"Como se faz um vitral? É só pintar o vidro?", perguntara Susie quando o pai ensinara a elas o nome do tipo de vidro instalado na porta.

Samantha sorriu enquanto descia as escadas. Susie sempre fazia perguntas como aquela. Não sabia se a irmã queria fazer graça ou se era burrice mesmo.

Ao pé da escada, a menina olhou para os dois lados. Podia começar tanto pela sala de jantar quanto pela sala de estar. Além da cozinha, os únicos outros cômodos no térreo eram o lavabo e o escritório do pai. Ela duvidava que a boneca estivesse em um desses dois, porque não havia muitos esconderijos neles.

Então, começou pela sala de jantar.

O cômodo era pelo menos duas vezes maior do que qualquer outra sala de jantar que Samantha já vira na televisão. Não podia comparar com as do mundo real porque nunca vira outras. Não tinha amigos. Antes da morte de Susie, Samantha às vezes era chamada para festas só por ser irmã dela, mas parara de acompanhá-la em pouco tempo. Eram eventos chatos e tediosos, e as outras crianças sempre a tratavam mal.

Samantha enxugou o suor da testa, tentando espantar as memórias. Apertou o interruptor na parede para acender a luz fraca do lustre — uma grande roda de metal com velas falsas ao longo de toda a volta. Jeanie dizia que era um lustre no estilo "rancho", o que fazia sentido.

"Por que o nome disso é lustre?", perguntara Susie quando as duas eram pequenas. "Ele não lustra nada..."

Samantha atravessou o cômodo até a cristaleira entalhada que ficava do outro lado da longa mesa de jantar de madeira escura. Abriu as portas inferiores do móvel. Estava cheio de porcelanas e cristais: pratos e taças que a família nunca tinha usado. Samantha espiou atrás das pilhas de travessas e tigelas. Nada de Gretchen.

Seguindo para o longo armário no fundo da sala (o "aparador", segundo Jeanie), a menina abriu todos os compartimentos, onde encontrou várias bandejas e vasos. Nada de Gretchen.

Foi até a frente do cômodo e abriu um banco que também era um baú. Estava cheio de toalhas de mesa e guardanapos de pano. Só para confirmar, levantou alguns dos montes de tecido. Nenhuma boneca.

Em seguida, foi para a sala de estar. Ouviu o caminhão de lixo lá fora, esvaziando as lixeiras que ficavam diante das casas. Ela mordeu o lábio inferior. Será que o barulho acordaria a mãe?

Era melhor se apressar.

A sala de estar era maior, cheia de móveis com estofados fofos e confortáveis. Era uma pena serem tão pouco usados.

Samantha fitou com melancolia o longo sofá de estampa xadrez que ficava virado para a lareira na extremidade do cômodo. Duas namoradeiras maciças de estofado vinho se juntavam à primeira peça, formando um U. Os cantos do espaço formado pelo arranjo eram preenchidos com robustas mesinhas de carvalho, e no centro ficava um divã quadrado de estofado verde. Era ali que a família costumava ficar diante do fogo no inverno.

Na outra extremidade da sala de estar, ficava mais um sofazão e duas poltronas reclináveis, voltadas para uma televisão de tela plana. Às vezes, a mãe deixava Samantha assistir a alguma coisa ali, mas em geral ela tinha que usar o computador do quarto para ver os programas que queria.

Ao redor do cômodo, prateleiras embutidas e armários de carvalho exibiam livros e fotografias emolduradas. Samantha se lembrava de como Susie se sentia sobre aquelas estantes e alguns dos outros móveis.

"Carvalho?", perguntara ela, aos seis anos. "Carvalho, tipo o Oliver?"

"Móveis são feitos de madeira", explicara o pai. "E madeira vem das árvores."

"Quer dizer que as pessoas matam árvores para fazer móveis?", questionara Susie com a voz esganiçada.

Os pais haviam passado quase uma hora tentando convencer a menina de que árvores não sentiam dor quando eram derrubadas. Não tiveram sucesso: Susie tinha certeza de que elas sofriam.

Samantha começou vasculhando os armários, iniciando no canto dianteiro e seguindo em sentido horário. Não encontrou nada, então passou a espiar atrás dos livros nas prateleiras. No entanto, só conseguia alcançar até a terceira.

Entrou na despensa ao lado da cozinha e pegou uma escada. Contrariando o próprio planejamento, procurou a boneca na despensa, já que estava por lá. Encontrou evidências de que não era a única escondendo doces: um saco de marshmallows endurecidos, dois pacotes abertos de biscoitos com gotas de chocolate, uma caixa de rosquinhas em estilo antigo com uma etiqueta de validade indicando uma data de quase um ano antes e uma lata cheia de balas de caramelo, todas grudadas umas nas outras. Nada de Gretchen.

Enfim, Samantha arrastou a escada para a sala de estar. Subiu e desceu catorze vezes para olhar atrás de todos os livros e porta-retratos. Encontrou apenas poeira — o que a deixou triste, porque a mãe costumava dizer que gostava de deixar a casa "um brinco". A menina se lembrou de quando o lugar exalava um cheirinho de limão do produto que Patricia borrifava para limpar as prateleiras. Recentemente, tudo fedia a poeira.

Quando esgotou todos os esconderijos da sala de estar, Samantha foi olhar no grande relógio de pêndulo que ficava no corredor dos fundos. Precisaria começar a se arrumar para a escola muito em breve, e tinha que acordar a mãe.

Antes de levar a escada de volta até a cozinha, colocou a cabeça para dentro do escritório. O único esconderijo em potencial era a escrivaninha vazia do pai. Samantha correu até ela, abriu todas as gavetas e também procurou no espaço onde, quando era bem pequenininha, costumava ficar enquanto o pai trabalhava. Nada.

Não havia mais nada no cômodo: só a escrivaninha e prateleiras vazias. O único detalhe que chamou a atenção de Samantha enquanto saía às pressas foi uma curiosa pontinha de carpete presa embaixo de uma das estantes.

Arriscando uma busca na cozinha antes de acordar a mãe, Samantha abriu armários e gavetas, um atrás do outro, tateando atrás de pratos, panelas e frigideiras, potes plásticos, cestos e utensílios. Gretchen continuava escondida.

Samantha sentiu a presença de Susie assim que entrou no carro na saída da escola naquele dia. Como a irmã fazia aquilo? Ela tinha certeza de que Susie não aparecera de manhã, e sabia que nunca surgia na escola.

Ignorando a presença insistente da irmã, focou nos cabelos bagunçados da mãe, logo à sua frente. Será que Patricia sabia que Susie estava ali?

Às vezes, considerava perguntar.

Talvez não enquanto a mãe estivesse dirigindo.

Quando o carro entrou na garagem, Samantha se virou para olhar Oliver, quase como se alguém a estivesse obrigando a fazer isso. Geralmente, ignorava o carvalho. Será que era Susie? Se sim, como ela fazia aquilo?

Oliver tinha apenas algumas folhas sobrando. Talvez ela saísse e as contasse antes do jantar. Não. Precisava continuar procurando Gretchen.

— Salsicha com feijão para o jantar? — perguntou a mãe.

Algo que parecia uma onda fluiu por Samantha. Era uma coisa sombria e meio pegajosa. Queria se impregnar na menina, assim como a tristeza que grudara nela desde a partida de Susie.

Ela achava que a onda era uma emoção. Mas será que pertencia a ela mesma ou à irmã?

Susie amava salsicha com feijão. Será que estava triste por não poder comer um de seus pratos favoritos? Será que havia comida no lugar para o qual ela tinha ido depois de morrer?

— Pode ser — falou Samantha. — A gente pode misturar com abacaxi também?

Na mente, viu Susie fazer uma careta de nojo. Será que a irmã colocara a imagem ali? Samantha sempre gostara de abacaxi com feijão, mas Susie achava uma nojeira.

A mãe abriu um meio sorriso.

— Claro.

Susie acompanhava Samantha, que corria de um cômodo a outro à procura de Gretchen. A irmã estava procurando a boneca desde que haviam chegado em casa. Os desenhos de Susie funcionaram!

Infelizmente, Samantha não estava tendo muito sucesso. Em parte porque estava procurando em lugares que não tinham nada a ver.

Por exemplo: ela tinha tentado encontrar Gretchen num buraco no tronco de Oliver. Iluminando a parte oca com a lanterna enquanto murmurava algo sobre duendes, a menina prendera a respiração e enfiara a mão bem fundo dentro da árvore. Susie rira o tempo todo: Samantha havia acreditado na história dos duendes!

Elas estavam dentro de casa, vasculhando cada cantinho da construção. Os sons da torneira aberta e de panelas e utensílios batendo uns contra os outros indicavam que a mãe continuava na cozinha. Samantha queria examinar o andar de cima enquanto a mãe não terminava de preparar o jantar.

Começou com o ateliê de Patricia.

— Eu nunca teria escondido a Gretchen aí — falou Susie para Samantha quando a irmã abriu a porta do cômodo.

Ela não deu a mínima. Não era surpresa: Samantha estava sendo cabeça-dura.

Por que Susie não conseguia lembrar onde havia colocado a boneca?

Ainda se lembrava do primeiro esconderijo: no próprio quarto, embaixo da cama, que ela sabia ser um lugar pouco original para ocultar coisas. Algumas horas depois, porém, tinha levado a boneca para outro lugar. Para onde?

Susie ficou parada na porta do ateliê da mãe enquanto Samantha ia de um lado para o outro, revirando prateleiras amarelo-claras cheias de pilhas de tecido, novelos de linha embolados dentro de enormes balaios de vime sob as janelas e cestos de lona repletos de lã que ficavam ao lado do tear de Patricia. Susie pensou que aquela era uma atitude bem corajosa da irmã, já que elas eram proibidas de entrar ali. Samantha até abriu a porta do depósito, que ficava na extremidade do ateliê. Quando entrou, Susie não foi atrás.

Ela gostava de brincar e fazer graça, mas aquilo já era valentia demais. O depósito era onde a mãe guardava as peças finalizadas, que vendia para ganhar dinheiro. As meninas não tinham autorização de tocar nelas. Certa vez, quando Susie tinha cinco anos, a mãe deixara uma das "tapeçarias" na sala de jantar porque a cliente logo passaria para buscá-la. Curiosa, Susie entrara no cômodo, subira numa cadeira e olhara para a peça. Era feita de bolinhas coloridas e meio enrugadas de tecido macio que a encantaram. A garota *precisava* tocar numa delas. Esquecendo que havia acabado de comer um biscoito com gotas de chocolate, Susie encostara os dedos melados nos fuxicos laranja-claro. Ao ver o que tinha feito, tentara limpar as manchas de chocolate, mas só fizera uma bagunça ainda maior. Começara a chorar, tão assustada que tentara fugir correndo da sala. Na pressa, acabara tropeçando numa cadeira e perdendo o equilíbrio. Para não se esborrachar, agarrara a tapeçaria e ainda assim batera com a cabeça na mesa, soltando um berro. Ao entrar no cômodo, a mãe dera de cara com Susie caída no chão, com a tapeçaria suja de chocolate numa das mãos e o sangue que escorria de um corte na testa sujando outra parte da peça.

A mãe ficara *furiosa*, o que deixara Susie morrendo de medo. Tanto que ela nunca mais chegou nem perto das obras da mãe.

Ou seja, Gretchen não estava no ateliê. Susie precisava esperar a irmã se dar conta daquilo sozinha.

Quando isso aconteceu, Samantha passou para o quarto da mãe. Primeiro, parou no corredor e aguçou os ouvidos. Mais sons vindos da cozinha a encorajaram a entrar.

— A Gretchen não está aí — avisou Susie quando Samantha se abaixou para espiar embaixo da cama *king-size*.

A manta azul-escura envolveu a cabeça da garota como se fosse um lenço.

Samantha se levantou, inclinou a cabeça para ouvir com atenção por um segundo e seguiu para o armário de Patricia. Começou a empurrar para o lado roupas penduradas nos cabides, abrindo e fechando caixas de sapatos.

— Você não acha que já teria encontrado se ela estivesse aqui? — perguntou Susie.

Samantha não respondeu.

Em vez disso, ergueu o olhar para o espaço acima do cabideiro, observando.

— Você costumava escalar as prateleiras, né? — murmurou Samantha.

Susie sorriu.

—Verdade.

Samantha se virou, franzindo a testa. Avistou o banco que ficava ao pé da cama da mãe, e o puxou para perto do armário.

Susie se sentia mal de só ficar ali, olhando, mas Samantha estava desperdiçando tempo.

A irmã subiu no banco. Mesmo na ponta dos pés, precisou se esticar para enxergar o que havia nas prateleiras mais altas.

Assim que terminou de explorar o móvel, seguiu para a cômoda da mãe. Susie mordiscou o polegar. Tinha certeza de que Samantha levaria uma bela bronca. A irmã também devia saber disso, mas não estava deixando que tal fato a detivesse. Samantha vasculhou as calcinhas, as meias-calças, as meias e os lenços de Patricia.

— Samantha!

— Oi! — berrou a menina, batendo às pressas a última gaveta da cômoda.

— O jantar sai em cinco minutos.

— Beleza!

Samantha correu até a mesinha de cabeceira da mãe e a vasculhou, depois fez a mesma coisa com a outra, a do pai. A dele estava vazia. Já a de Patricia estava atulhada de livros, amostras de tecidos e remédios. Nada de Gretchen ali.

— Eu avisei — falou Susie, seguindo Samantha para fora do quarto.

Ela sabia que estava sendo irritante, mas não conseguia se controlar. Tinha praticamente um relógio com a contagem regressiva em sua mente.

— A Samantha anda fuçando nas minhas coisas — contou Patricia para Jeanie, ao telefone.

Assim que encontrara seus materiais inesperadamente revirados, a mãe decidira ligar para a amiga de imediato, em vez de gritar com a filha.

— Que coisas?

— Até onde sei, todas — falou Patricia, apertando as têmporas. — Ela sabe que isso não é legal.

— Exatamente. Então ela deve ter um bom motivo — sugeriu Jeanie.

— E que raio de motivo seria esse?

— Sei lá, mas ela deve ter um. Tem algo que sumiu ou que ela tenha estragado?

— Não até onde vi.

— Então supere isso.

— Mas…

— Sério, Patricia. É hora de superar *tudo*.

Chica chegou à meia-noite. Como sempre, Susie se sentiu ser puxada da cama de Samantha. Como sempre, se sentiu compelida a vagar pela casa enquanto via a silhueta escura de Chica dando a volta na construção. Como sempre, abriu a porta dos fundos, depois a fechou e foi até a da frente.

Como sempre, a menina se perguntou por que precisava fazer aquilo. Por que precisava deixar a família para trás?

Susie abriu a porta da frente, e a brisa da noite soprou algumas das folhas de Oliver, que passaram pelos pés de Chica e entraram na casa. A noite estava mais clara do que as anteriores, porque a lua estava mais cheia e não havia nuvens no céu. As estrelas eram tantas que faziam Susie pensar no açúcar de confeiteiro que a mãe polvilhava sobre os biscoitos de chocolate que fazia perto do Natal. Em alguns lugares, o cintilar dos astros se misturava em manchas de luz branca e brilhante.

Susie esperou Chica a pegar pela mão, como sempre. Em vez disso, porém, a galinha empurrou a garota para o lado... e entrou na casa.

Samantha acordou por causa do pesadelo. Abriu os olhos e agarrou as cobertas, ouvindo o coração retumbar.

Foi só um sonho, disse a si mesma. Sentiu a pulsação ir se acalmando aos poucos.

Depois, o coração disparou de novo, e Samantha se ergueu.

Não era só um sonho!

— Chica — sussurrou a menina.

O sonho acabara de lhe dar mais informações sobre a galinha do desenho de Susie. Era Chica. Chica estava perseguindo Samantha no sonho. A menina tentava empurrar uma das estantes no escritório do pai, e a galinha animatrônica estava à espreita.

Samantha arquejou. O escritório do pai! Era onde...

Ela congelou ao ouvir o som.

Tum... Tap... Tum... Tap...

Samantha começou a tremer.

Os barulhos. Os mesmos que Samantha tinha ouvido tantas e tantas vezes ao longo dos últimos meses, os que tentara convencer a si mesma que eram só coisa de sua imaginação.

Não eram.

Lá estavam os sons.

Só tinham uma diferença do som que estava acostumada a ouvir.

Pareciam vir de mais perto.

Muito mais perto.

Samantha sempre achara que os passos vinham do lado de fora da casa. Dessa vez, vinham dali de dentro e estavam cada vez mais próximos.

Susie tentou seguir Chica quando ela começou a subir a escada, mas não conseguiu. Era como se estivesse presa à porta por correntes invisíveis.

— Chica, pare! — berrou a menina.

Mas a galinha não obedeceu. Continuou subindo os degraus, lenta e implacavelmente.

Estava indo atrás de Samantha, Susie tinha certeza disso. Ela tentou se livrar do que quer que a mantinha no lugar. Tentou se mexer, várias e várias vezes. Depois começou a chorar e fez a única coisa que conseguia para ajudar a irmã.

— Samantha! — berrou ela. — Fuja!

• • •

Samantha saltou por cima da cama e correu até a porta do quarto. Será que conseguiria chegar ao quarto da mãe antes que o que quer que estivesse subindo pela escada alcançasse o andar de cima?

Abrindo uma fresta da porta, olhou na direção da escada. Não, era tarde demais. Uma galinha amarela da altura de uma pessoa, dotada de horríveis dentes afiados, estava a apenas um degrau do primeiro andar, a poucos metros da porta do quarto de Samantha.

A menina bateu a porta e olhou ao redor do quarto. Enquanto os passos se aproximavam, ela foi para baixo da cama.

Quando a porta começou a se abrir, Samantha ficou imóvel e prendeu a respiração. Pés laranja de metal pisavam no assoalho de madeira.

Aquilo não podia ser real…

Mas era.

Trêmula, Samantha viu os pés darem a volta na cama. Não conseguia mais prender a respiração, então soltou o ar com muito cuidado.

Os pés se detiveram.

E se viraram.

Começaram a cercar a cama pelo outro lado… Então pararam de novo.

Samantha ouviu um rangido metálico aterrorizante e, de repente, a colcha pendurada na lateral da cama se mexeu. Um rosto amarelo com olhos roxos e dentes mortais surgiu, encarando a menina.

Ela se encolheu para longe, se arrastando até o outro lado da cama. Assim que saiu de debaixo do móvel, olhou por cima do ombro, calculando se conseguiria sair correndo do quarto antes que a galinha se aprumasse...

Não. A galinha já estava de pé, fitando a menina.

Samantha correu até a janela. Tentou não ouvir o *tum... tap... tum... tap...* enquanto se atrapalhava com a tranca. Tremores que lembravam o bater das asas de uma borboleta começaram entre suas omoplatas. Ela os ignorou.

Os passos ficaram abafados quando o animatrônico pisou no tapete. Samantha tinha apenas alguns segundos.

Pendurando-se na janela, a menina agarrou a treliça formada por losangos e passou as pernas para fora. O som de tecido se rasgando a fez olhar para trás.

A galinha estava muito perto! Na mão, segurava um pedaço arrancado da camisola da menina.

Samantha choramingou e começou a descer pela treliça. Focando na hera que escalava a estrutura de madeira, avançou o mais rápido possível. Estava só de meias, então a superfície da treliça machucava seus pés, mas ela não estava nem aí.

Também não olhou para cima. Não queria saber se estava sendo perseguida.

Quando sentiu algo sólido e áspero sob os pés, soube que tinha chegado ao telhado da varanda. Só então ergueu os olhos.

Nada descia pela estrutura da casa atrás dela. Ótimo.

Mas não tão ótimo assim: se ela não fosse rápida, a galinha poderia voltar por dentro da casa e pegar a garota assim que chegasse à varanda.

Chica.

A mente de Samantha enfim a forçou a enxergar o que ela não queria. A galinha na casa era Chica.

Em seus desenhos, Susie tentara dizer que Chica não queria que ela recuperasse Gretchen.

Por quê?

Samantha não tinha ideia, mas sabia que era verdade.

Chica estava indo atrás de Samantha porque ela estava procurando a boneca.

A menina cerrou os dentes enquanto se inclinava sobre a beirada do telhado da varanda para se agarrar a uma das colunas. Será que conseguiria se segurar com força suficiente para soltar o corpo, escorregar e pisar no parapeito?

Ela precisava fazer isso. Por Susie.

Samantha desceria e entraria na casa. Depois encontraria Gretchen... porque, graças a seu sonho, sabia onde procurar.

Mas será que conseguiria chegar lá antes de Chica?

Susie não sabia por quanto tempo ficara congelada na porta, ouvindo os sons dos passos de Chica lá em cima. Ouviu também vários outros baques surdos, mas nenhum grito de Samantha. Torcia para que fosse um bom sinal, mas não tinha certeza.

Parecia que ficaria presa na entrada da casa para sempre. O tempo foi passando eternamente.

Então ela viu Chica no alto da escada. Estava voltando para o térreo, sem Samantha.

Se conseguisse se mexer, Susie teria desabado no chão de tanto alívio. Em vez disso, tudo que conseguiu fazer foi observar Chica descer os degraus.

De repente, Samantha apareceu, vinda lá de fora.

Com o rosto pálido, os olhos arregalados e o cabelo todo emaranhado, ela passou correndo por Susie. Estava com a cabeça baixa, o olhar focado nos pés. Não se virou para a irmã. Sequer ergueu o rosto para encarar Chica na escada.

Susie viu a irmã disparar para dentro da sala de jantar e desaparecer na direção da cozinha. Aonde estava indo?

Samantha não sabia por que não havia pensado naquilo antes. Talvez fosse porque, mesmo pensando nele o tempo todo, no fundo ela queria esquecer o pai. Já era ruim o bastante que Susie tivesse sido tirada delas, mas a irmã ao menos não partira de propósito. Não tinha ido embora porque queria. Tinha sido levada, assassinada. *Essa é uma ótima justificativa para ter deixado a família*, pensou Samantha.

O pai, porém, não precisava ter ido embora. Havia feito isso porque, segundo ele, era "difícil demais". Haviam sido exatamente essas as palavras.

"Mas é por isso mesmo que a gente precisa de você, papai", dissera Samantha.

Mas ele só pressionara os lábios — um hábito que a filha herdara dele — e repetira que precisava ir embora.

Era por isso que Samantha estava ali sozinha. O pai tinha ido embora. A mãe dormia, dopada de tanto calmante. A irmã estava morta. Se Samantha quisesse sobreviver, ela mesma precisaria se salvar.

Não olhou para a escada, mas sabia que Chica estava ali. Por essa razão, correra na direção da cozinha.

A menina não sabia quão inteligente Chica era, mas achava que valia a pena tentar enrolar a criatura. Queria que a galinha a seguisse até a cozinha e a procurasse ali. Se tivesse calculado direito, isso lhe daria tempo o bastante.

Quando chegou ao cômodo, Samantha acendeu a luz. Passou voando pela porta dos fundos e disparou pelo corredor que levava ao escritório do pai.

Uma vez lá dentro, deixou a luz apagada. Sabia onde procurar.

Correu até a estante sob a qual vira a ponta de um carpete. Agarrou a borda da prateleira que batia na altura de seu peito e puxou. Nada. Depois se abaixou e tentou a mesma coisa com a prateleira de baixo. Nada. Com a de cima. A estante continuou imóvel. Ela se esticou para puxar a última, mas nada.

Precisa estar aqui!

Frustrada, Samantha chutou a prateleira ao lado do pedaço de carpete.

E a estante se desconectou da parede, abrindo para fora. Susie estava certa o tempo todo. Havia mesmo um cômodo secreto ali.

Samantha não esperou a porta da estante se abrir por completo para passar. Virando de lado, espremeu-se pela fresta e tateou a parede à procura de interruptores. Achou um bem ao lado da passagem. Assim que acendeu a luz, deteve-se e aguçou a audição.

Conseguia ouvir os passos de Chica na cozinha. Ótimo. Seu plano tinha funcionado.

Samantha olhou ao redor. O cômodo estava cheio de todo o tipo de coisas bizarras: folhas secas, pedras, cacos de vidro, brinquedos velhos, pilhas de papéis e livros. Ela não sabia se estava diante de tesouros que eram de Susie ou do pai. Não importava. O importante era que Gretchen — com seu cabelo encaracolado impregnado de sujeira, mas o vestido de bolinhas tão vibrante quanto no dia em que desaparecera — estava no topo de uma das pilhas de livros.

Samantha pegou a boneca e atravessou correndo o escritório. Quando chegou à saída, olhou para a direita. Chica vinha pelo corredor, a apenas alguns metros de distância.

A menina fugiu pela sala de estar, saindo pela porta da frente. Arfando, olhou para o quintal.

Estava vazio, é claro. Ela sabia onde Susie estava, e onde Chica estava também. A única presença ali era a de Oliver... e sua última folha amarelo-clara. Samantha correu até a árvore e se escondeu atrás do imenso tronco maciço.

Susie viu Samantha se esconder atrás de Oliver, depois se virou e esperou Chica chegar à porta. O que a galinha faria? Como Susie poderia mantê-la longe da irmã?

No fim das contas, não precisou fazer nada.

Quando alcançou Susie, Chica se deteve. Ela estendeu o braço. A mão da menina se ergueu sozinha até a de Chica, mesmo que aquela fosse a última coisa que Susie quisesse fazer. Sentiu o metal do esqueleto animatrônico tocando a ponta de seus dedos.

— Mas eu não estou pronta! — reclamou Susie.

A galinha baixou o olhar. Seus dentes brilhavam à luz da lua.

Susie se encolheu. Os dedos de Chica apertaram os da menina com tanta força que ela não conseguia se soltar. Quando a galinha se virou, Susie sentiu que era arrastada para longe de casa. Sabia que precisava parar de resistir. Precisava se deixar ser levada.

Então parou de tentar se desvencilhar e passou a caminhar calmamente ao lado de Chica.

Samantha viu Chica pegar a irmã pela mão. Viu a menina e a galinha atravessarem a varanda, descerem os degraus e caminharem na direção de Oliver. Samantha sentiu o corpo se tensionar. O que devia fazer? O que *podia* fazer?

Antes que conseguisse decidir, Chica e Susie desaparecerem.

Sem pensar direito, Samantha só gritou:

— Espere!

Susie ouviu o berro da irmã. Chica nem sequer hesitou, mas Susie sim. Por mais que Chica a incitasse a continuar caminhando, algo igualmente forte pedia que ela voltasse. Tomada pelos dois impulsos, Susie se viu incapaz de se mexer outra vez.

— Susie! — choramingou Samantha.

— Eu tenho que voltar — falou Susie. — Preciso voltar.

Ela esperou, mal conseguindo respirar. De repente, sentiu algo mudar no ar ao seu redor.

Chica largou sua mão.

Samantha saiu de trás do tronco e parou ao lado de Oliver, com Gretchen pendurada na mão direita. Seus olhos estavam cheios de lágrimas.

Ela havia demorado demais.

Não. O que era aquilo?

As folhas próximas ao tronco de Oliver rodopiaram, voando para longe da árvore. Havia brisa naquela noite, mas ela não fluía em círculos. Além disso, o vento soprava na direção contrária. Samantha ergueu os olhos para a única folha remanescente. E foi quando Susie apareceu de repente, bem diante do carvalho.

Sua aparência era exatamente a mesma do dia em que tinha sido sequestrada. Estava usando inclusive as mesmas roupas: o suéter magenta com listras cor-de-rosa e a calça jeans que Jeanie havia customizado com strass.

Samantha estendeu Gretchen para a irmã.

Susie abriu a boca como se quisesse falar alguma coisa, mas apenas pegou a boneca rechonchuda e a apertou contra o peito.

— Estou com tanta saudade de você — falou Samantha.

A irmã assentiu. Estendeu os braços, e Samantha nem sequer hesitou — se jogou naquele enlace.

Susie parecia tão sólida quanto quando estava viva. Talvez até mais. Samantha nunca tinha sido muito de abraçar. Em geral, só abraçava Susie meio de lado quando a irmã insistia. Naquele momento, porém, apertou-a com todas as forças.

— Eu te amo — sussurrou ela.

Samantha sentiu uma onda de emoção quebrar sobre ela — como a outra, no carro. Essa emoção, porém, não era sombria e pegajosa. Era leve, cálida e efervescente. Samantha tinha quase certeza de que era uma maré de amor.

Susie soltou a irmã, que enxugou as lágrimas que escorriam por suas bochechas. Depois sorriu e se virou para Chica. Samantha viu a galinha pegar a mão da menina. Em seguida, ficou olhando enquanto ela guiava Susie e Gretchen para longe.

As duas desapareceram assim que Oliver soltou sua última folha.

— Adeus — sussurrou Samantha.

Sentiu que superava o que tinha acontecido. E sentiu também a promessa de algo novo.

Susie estava indo embora, mas isso não era um fim. Samantha sabia que era só um começo. Assim como o fantasminha feliz da história, Susie estava indo para um lugar onde poderia ficar com a família para sempre.

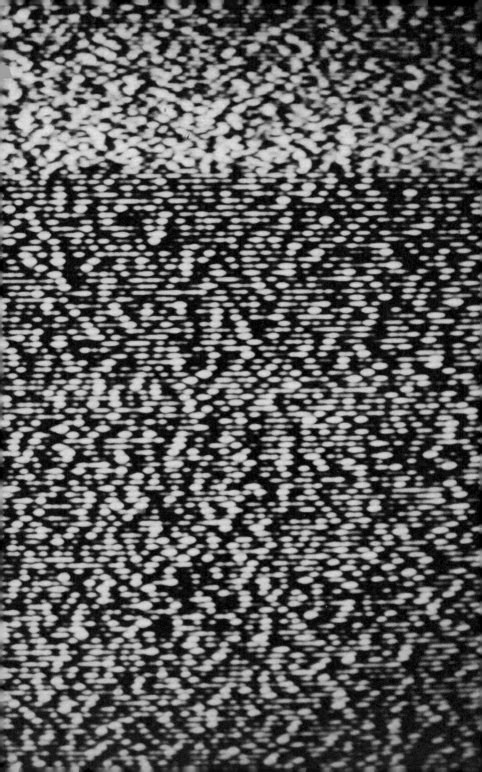

Jake olhou para si mesmo, tentando se acostumar ao fato de que ele já não era mais o mesmo. A última coisa de que se lembrava era de ter sido um menino. Só que Jake não era mais um menino havia um bom tempo… Só não sabia há quanto tempo.

Por isso não era tão esquisito assim não estar mais naquele antigo corpo — mas ainda era bem estranho estar em um corpo que não era vivo. Também era estranho não se lembrar exatamente quem fora quando era um menino. Tinha lapsos de lembranças, mas eram vagas e nada fazia sentido. Por exemplo, ele conseguia se lembrar de pensar que seria legal voltar à vida como um cachorrinho ou um gatinho. Mas por que pensaria uma coisa dessas?

Agora, estava dentro de uma carcaça de metal. Não tinha muito conhecimento para entender o que era — mas sabia que não estava sozinho. Estava compartilhando aquele espaço com alguém.

Era como despertar na casa de outra família.

— Olá? — chamou Jake.

— Quem é? — perguntou uma criança.

A voz lembrava um pouco a de um menino que Jake conhecia da escola, um que sempre respondia os professores e se metia em confusão.

— Ah, oi. Meu nome é Jake. E o seu?

— Qual é a sua?

— Hum, eu só estava tentando ser simpático.

Jake lembrou que a forma de lidar com crianças como aquela era deixar que fossem duronas à vontade.

— Foi mal — respondeu a criança, a contragosto. — Meu nome é Andrew.

Não parecia que ele estava se apresentando: era mais como se estivesse fazendo uma provocação.

— Oi, Andrew — disse Jake.

— Por que não estou conseguindo ver nada? — perguntou ele.

— Não está vendo o caminhão? — questionou Jake.

— Acha que eu ia falar isso se estivesse vendo um caminhão?

Andrew parecia irritado. Muito irritado.

— Foi mal — falou Jake. — Hum, acho que estamos na caçamba de um caminhão de lixo. E tem um monte de lixo ao redor.

— Novidade... — comentou Andrew.

— O que você disse? — indagou Jake.

— Bem-vindo à minha vida.

— Como assim?

Andrew ignorou.

— Por que você consegue enxergar e eu não? — perguntou ele, prestes a fazer birra.

— Sinto muito, não tenho ideia — respondeu Jake. — Olha, sei que a gente está em uma coisa de metal, sei lá... Uma espécie de entidade ou algo assim? Dá para ver o que está ao nosso redor, mas não sei como vim parar aqui, e muito menos como *você* veio parar aqui. E com certeza não sei por que consigo enxergar e você não. Mas talvez eu possa te ajudar com isso. Sabe como veio parar aqui?

Andrew ficou em silêncio por um minuto. Jake aguardou.

— Bem, acho que deve ter a ver com a coisa dentro da qual eu estava...

— Que coisa? — questionou Jake.

— E isso é da sua conta? — rosnou Andrew.

Jake suspirou.

— Não. Só achei que seria legal a gente fazer amizade, e amigos conversam uns com os outros. Apenas estava me perguntando o que você quis dizer com "a coisa".

O caminhão balançou e estacionou, e tudo ficou em silêncio.

— Faz muito tempo que não tenho um amigo — observou Andrew.

Ele parecia na defensiva, como se desafiasse o outro a tirar sarro dele. As lembranças de Jake estavam esquisitas e confusas, mas ele se lembrava de ter amigos.

— Sinto muito. Isso é uma droga — falou Jake.

Queria saber mais, mas percebera que continuar aquele assunto não era boa ideia.

O fundo da caçamba se abriu, e um cara de macacão começou a descarregar o lixo.

— Posso ser seu amigo — propôs Jake.

— Por quê?

— Eu gosto de fazer amigos — rebateu Jake.

— Mas como isso funciona?

— Isso o quê?

— Isso de fazer amigos! — exclamou Andrew, bufando, exasperado. — Caramba, você é uma porta, hein?

Jake sentiu como se estivesse estabelecendo o primeiro contato com uma nova espécie, como nos filmes de ficção científica que ele se lembrava de assistir.

— A gente conversa, conta coisas e aprende um sobre o outro, e aí faz amizade — explicou Jake. Achou que era uma boa descrição do processo.

— Que tipo de coisa?

— O que você quiser.

Jake queria perguntar de novo o que a criança quisera dizer com "a coisa dentro da qual eu estava", mas esperou.

Andrew ficou em silêncio por alguns segundos.

—Você... — começou Andrew. —Você já ficou tão irritado que só queria que todo mundo soubesse como você se sentia?

Jake pensou um pouco e se lembrou de uma vez em que tinha ficado muito, muito irritado porque precisara sair da escola. Mas por quê? Não importava.

— Já fiquei, sim — respondeu ele. — Acho que não fazia questão de as pessoas saberem disso, mas tinha um amigo para conversar. E você, tinha alguém?

— Não.

Jake não sabia o que falar, então ficou em silêncio.

—Você teve vontade de revidar contra a pessoa que te deixou irritado? — perguntou Andrew.

— Acho que não era exatamente uma pessoa. Acho que tinha a ver com uma doença ou algo assim. Minhas lembranças estão meio embaralhadas.

— Embaralhadas. Pois é. As minhas também — comentou Andrew. — Mas sei que quis me vingar de alguém que me machucou. Acho que me fundi a ele. Entrei na alma dele, garanti que ele não conseguisse seguir em frente depois de morrer. Eu me lembro de querer que ele sofresse igual tinha me feito sofrer, mas não lembro o que ele fez. Só sei que me agarrei a isso, por mais que tentassem salvar ele. Eu queria que ele *sofresse*!

Depois de um tempo, Jake não conseguiu mais se conter e soltou:

— É uma droga que você tenha se sentido tão mal assim.

— Cala a boca. Só cala a boca! — gritou Andrew. — Não preciso da porcaria da sua pena!

— Desculpa.

Vários segundos se passaram.

Porém, Andrew tinha mais coisas a dizer.

— Lembro que tentaram matar ele. Mas eu não ia deixá-lo partir até eu mesmo estar pronto. É estranho. Eu me lembro de estar muito irritado e determinado, mas não sei o porquê.

Jake sofria por estar tão próximo de tanto ódio, mas não teria ido embora nem se pudesse. Andrew precisava dele.

— Ainda está aí? — perguntou Andrew.

— Sim. Estou escutando. Você me mandou calar a boca.

Andrew soltou uma risada.

— Verdade… Mandei mesmo, né?

Jake ficou em silêncio, depois disse:

— Então, cadê ele? O cara com quem você está irritado?

— Não tenho certeza. Sei que estava nele quando a gente chegou num lugar grande com várias coisas legais. Tudo que me lembro depois disso é de querer estar em todos os lugares. Consigo me lembrar de estar em várias coisas, por todo o canto. E também me lembro de um cachorro animatrônico, o Caçador. Ele quebrou no meio de uma tempestade. Um brinquedinho muito malfeito. — Andrew fez um som de desprezo com a língua, depois suspirou. — Então acho que eu estava no Caçador, ou algo assim. Acho que é como cheguei aqui. Não sei por que acho isso, é só um sentimento.

Jake ficou em silêncio. Ainda estava observando o homem que descarregava o caminhão.

— Pode falar agora — incitou Andrew.

— Não sei o que dizer. Eu me sinto mal por você ter passado por uma situação tão terrível.

O homem chegou à caçamba onde estavam Jake e Andrew. Jake estava pensando o que fazer a respeito dele. Achou que mover a caçamba o assustaria, mas agora não tinha muita escolha. Não queria que o homem jogasse Andrew e ele fora.

Então Jake se moveu — o que significava que a coisa na qual estavam se moveu também. O homem se sobressaltou. Querendo oferecer um pouco de conforto, Jake estendeu a mão para tocar o rosto dele.

O homem gritou e levou as mãos à cabeça. Caindo no cascalho atrás do caminhão, começou a se debater como se seu corpo fosse uma esponja sendo torcida por uma mão invisível. Conforme ele murchava, seus olhos foram afundando no crânio até sumir. Algo preto começou a escorrer de suas órbitas, manchando as bochechas do homem.

— O que foi isso? — gritou Jake, saltando do caminhão para encarar o cadáver do homem careca.

— Não estou enxergando nada, idiota — provocou Andrew.

— Do que está falando?

— Mal toquei o rosto daquele cara e ele morreu do nada! Por quê? — berrou Jake, sem conseguir se conter.

— Por que está perguntando para mim? — questionou Andrew, na defensiva.

— O outro cara também morreu, acabei de me lembrar — falou Jake.

— Deve ter sido eu — sugeriu Andrew.

— Será que não foi o Caçador, o cachorro? — questionou Jake.

— Não, fui eu, aposto.

—Você quer matar as pessoas?

— Não!

— Então por quê...?

— Só quero assustá-las. Dar um chega pra lá nelas, sabe?

— Mas isso está matando os outros!

— Bem, não era minha intenção.

— Certo. — Jake pensou por um instante. — Então, se o que você está fazendo não está tendo o efeito que deseja, talvez esteja atendendo às vontades de outra pessoa... Pode ser que tenha mais alguém aqui com a gente.

— Aqui, nesta coisa?

— Isso, tipo alguém pegando uma carona. Ou uma pulga num cachorro.

— Que idiotice — disse Andrew.

—Você estava de carona no homem que te matou. Por que não pode ter outra pessoa de carona aqui com a gente?

Andrew ficou em silêncio por um segundo.

— É que isso parece meio idiota — admitiu o menino.

— A questão é a seguinte: se de alguma forma foi você mesmo que fez aquilo, o que quer que esteja provocando isso pode estar em todas as coisas nas quais você entrou.

— Eu os infectei. Agora me lembro.

— Como assim?

— Infectei tudo em que lancei minha raiva.

— Entendi. Então tudo que você infectou pode machucar pessoas. Pessoas inocentes.

— Ei, não é bem assim. Eu só queria machucar o cara malvado.

— Mas você falou que infectou tudo com sua raiva. Não acha que esse sentimento pode machucar as pessoas?

— Cala a boca.

— Tudo bem. Mas então a gente vai encontrar tudo que você infectou.

— Como?

—Você não vai me ajudar?

— E por que deveria?

Jake pensou por um segundo e depois tentou algo. Não sabia muito bem se ia conseguir, mas...

Sim, era possível! Ele conseguia sentir os pensamentos de Andrew. Conseguiria encontrar as coisas infectadas mesmo que o menino não quisesse colaborar.

1ª edição	JUNHO DE 2024
reimpressã	OUTUBRO DE 2024
impressão	LIS GRÁFICA
papel de miolo	PÓLEN BOLD 70 G/M²
papel de capa	CARTÃO SUPREMO ALTA ALVURA 250 G/M²
tipografia	BEMBO STD